K

탑 레시피가 **보여!**

탑 레시피가 보여! 5

레오퍼드 장편소설

초판 1쇄 찍은 날 § 2017년 6월 26일
초판 1쇄 펴낸 날 § 2017년 7월 3일

지은이 § 레오퍼드
펴낸이 § 서경석

편집책임 § 신보라
편집 § 이창진

펴낸곳 § 도서출판 청어람
등록번호 § 제387-1999-000006호
등록일자 § 1999. 5. 31
어람번호 § 제1-2723호

주소 § 경기도 부천시 부일로 483번길 40 서경B/D 3F (우) 14640
전화 § 032-656-4452 팩스 § 032-656-4453
http://www.chungeoram.com
Email § chungeorambook@daum.net

ISBN 979-11-04-91383-9 04810
ISBN 979-11-04-91243-6 (세트)

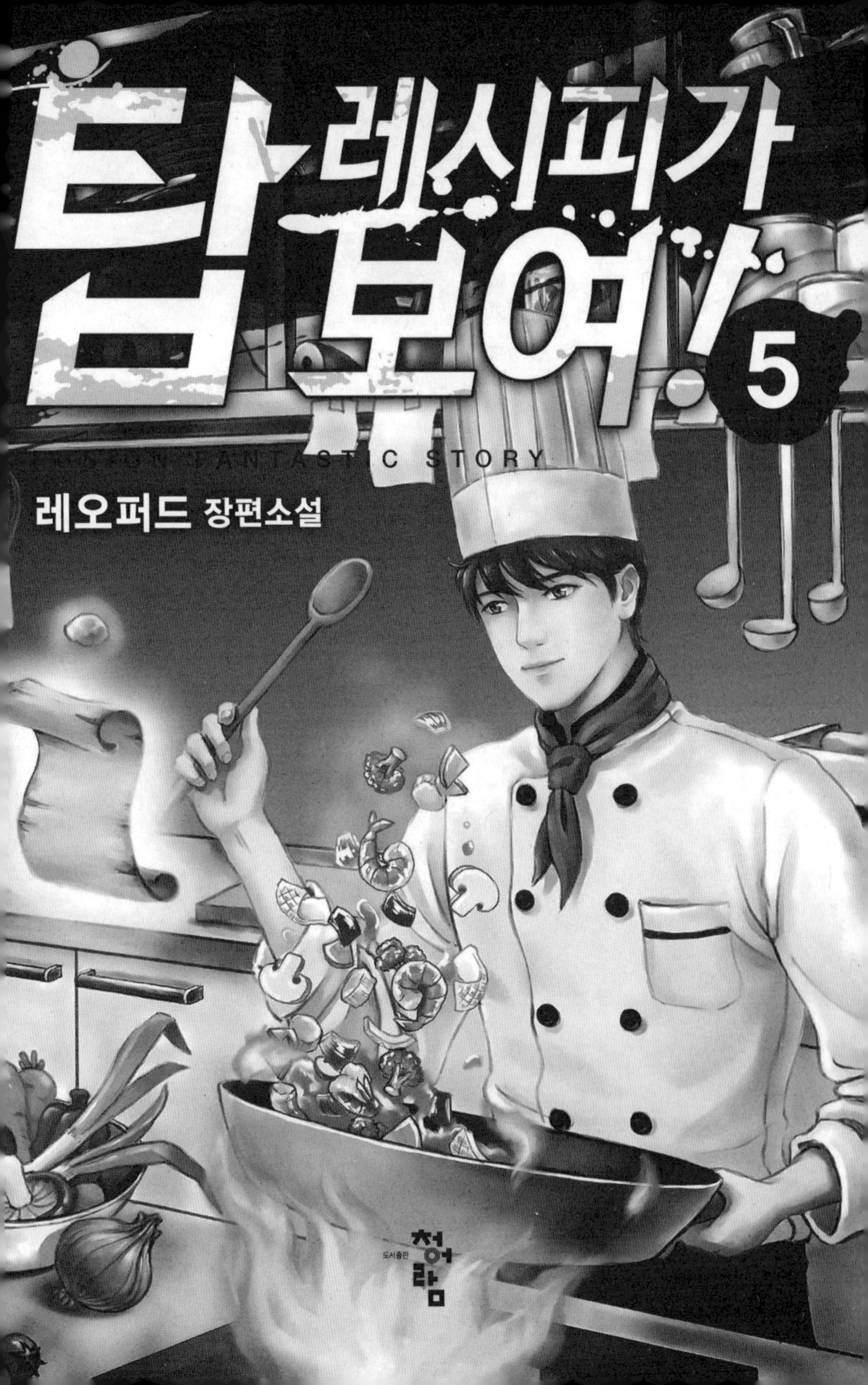
레시피가
다 보여!
5
FANTASTIC STORY
레오퍼드 장편소설
도서출판
청어람

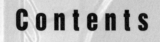

Contents

1. 수제자는 하나II

예슬은 부주방장 채용 공고가 나간 후에 학수에게 찾아와 피디의 말을 전했었다.

"피디님이 언제든 마음 바뀌시면 연락 달래요. 전 분명히 사장님이 안 나가신다고 전했는데, 피디님이 그러신 거예요. 전화해서 물어보셔도 돼요. 전화 걸어드려요?"

예슬은 조금 까칠하게 말했다.

"알았어. 뭘 그렇게까지. 마음 바뀌면 연락하고, 안 나갈 거면 그냥 연락 안 주면 되는 거잖아?"

"네, 맞아요."

"근데, 왜 그렇게 입이 나왔어?"

학수의 말대로 예슬은 삐친 듯이 입술을 쭉 내밀고 있었다. 학수가 이유를 묻자 예슬은 기다렸다는 듯이 불만을 토로했다.

"그냥 프로그램 좀 나가시든지, 아니면 부주방장님 좀 달래주시면 좋잖아요……. 부주 정말 저렇게 그냥 보내실 거예요?"

"자기가 먼저 나간댔잖아. 근데 내가 뭘 어떻게 해?"

"그래도……. 부주가 얼마나 그 프로그램에 나가고 싶었으면 그랬겠어요……. 지금이라도 늦지 않았는데……."

학수의 말이 사실이었기에 예슬의 태도가 조금 누그러들었다.

"내가 잘못했다는 거야, 그래서?"

"아, 아뇨. 그런 게 아니라……."

예슬의 표정은 이제 시무룩해졌다. 잠시 아무 말 없이 서 있던 예슬이 다시 말문을 열었다.

"아이, 죄송해요. 부주도 참……. 그냥 저는 두 분이 다투시는 게 싫어서 그래요. 그리고 부주도 정들었는데 저렇게 그만둔다고 하시니까 제 마음도 좋지 않고……."

"그래, 황 매니저 마음은 알겠어. 정도 많이 들고 그랬겠지. 하지만 만남이 있으면 이별도 있는 법이잖아. 가겠다는 사람 붙잡을 수도 없고."

"네… 그렇죠. 에이, 제 말 신경 쓰지 마세요. 나가볼게요."

예슬은 그렇게 조금 우울한 표정으로 사장실을 나갔다.

학수도 사실 형일에게 정이 아예 없는 것은 아니었지만, 나중에 형일이 자신의 레시피를 모두 익히고 나서 문제가 될 것 같아서 이렇게 할 수밖에 없었다.

학수는 예슬의 말을 떠올리다가 형일의 일까지 연달아 떠올라 기분이 조금 서글퍼졌다.

"스승님?"

갑자기 안색이 어두워지는 학수를 보고 호검이 조심스럽게 그를 불렀다.

학수는 눈을 두 번 깜빡이며 생각에서 다시 현실로 돌아와 고개를 흔들었다.

"어? 왜?"

"아, 절 보시다가 갑자기 안색이 안 좋아지시는 것 같아서요. 제가 뭘 잘못했나요?"

"아니야, 아니야. 그냥 다른 생각 하다가. 어디까지 했지?"

학수는 얼른 다른 조리법들을 호검에게 시켜보며 수업을 다시 진행했다. 그리고 계속해서 호검을 관찰하면서 생각했다.

'피디가 마음이 바뀌면 연락을 달랬댔지? 호검이의 실력이 느는 속도로 봐서 2~3개월이면 내 보조로 충분할 것 같은데……. 아, 근데 형일이한테는 안 나간다고 했는데, 호검이랑 나가면 형일이한테 너무한 거겠지? 그래, 그건 좀 내가 심한 것 같다…….'

학수는 잠시 호검과 요리 대결 프로그램에 나갈까 생각이 들었지만, 형일에게 미안한 마음이 들어 나가지 않기로 마음을 정했다. 그런데 금세 또 학수의 마음이 왔다 갔다 했다.

'그런데 나가보면 호검이한테 좋은 경험이 될 텐데. 실력도 확 늘 거고.'

형일이야 경력이 어느 정도 있다 보니 경험이 많았지만, 호검은 그렇지 않아서 학수는 호검에게 많은 경험을 시켜주고 싶기도 했다.

'아, 모르겠다. 일단은 어찌 될지 모르니까 호검이를 잘 가르쳐 둬야지.'

학수는 일단 프로그램에 대한 생각은 보류하고 호검을 가르치는 데 매진하기로 했다.

*　　　*　　　*

시간은 빠르게 흘러가 2주가 훌쩍 지났다. 그리고 그사이 새로운 부주방장이 확정되었다.

〈아린〉에서 부주방장을 뽑는다니까 꽤 실력 있고, 경력도 오래된 사람들이 지원을 했는데, 학수가 선택한 사람은 호검도 아는 사람이었다.

그 사람은 바로 문재석의 지인이기도 한 문대영이었다. 문대영은 호검이 우승을 차지했었던 작년 칼질미션쇼에서 준우승을 했던, 바로 그 중식요리사이다.

그는 다른 중식당에서 칼판장으로 오랫동안 있었는데, 재석으로부터 〈아린〉에서 부주방장을 뽑는다는 사실을 듣고 부주방장 자리에 지원서를 넣었고, 당당히 부주방장으로 채용되었다.

학수는 이번엔 신입을 뽑을 때처럼 깐깐한 테스트를 하지는 않았고, 기본에 충실하게 요리하고, 자신의 말을 잘 듣는 사람을 채용했다.

다시 말해, 학수가 어떤 레시피를 알려주면 그걸 그대로만 만들어낼 수 있는 사람을 뽑고자 했는데, 마침 문대영이 딱 그런 사람이었던 것이다.

재석은 이번엔 주방 식구들에게 대영이 바로 그 칼질미션쇼 대회에서 2등을 한 지인이라고 미리 언질을 주었다. 부주방장 직책으로 오는 것이니 어느 정도 실력이 있다고 알려지는 것이 좋을 것 같아서였다.

며칠 후, 문대영이 〈아린〉의 부주방장으로 출근했다. 학수가 문대영을 데리고 주방으로 와서 인사를 시켰다.

"자, 주목! 이번에 새로 온 부주방장님이세요. 처음이라 익숙하지 않은 것들이 많을 테니까 많이 도와주세요."

"안녕하세요. 문대영입니다. 앞으로 잘 부탁드립니다."

"환영합니다. 부주방장님!"

아직 형일이 출근 전이라 주방 식구들은 박수를 치며 그를 반갑게 맞았다. 형일은 새로 온 부주방장에게 며칠 정도 이것저것 알려주며 일을 같이 봐주기로 해서 오늘 출근하기로 되어 있었다.

"아직 형일이 안 왔어요?"

"네, 아직……."

학수의 물음에 식사장이 대답했다.

바로 그때, 예슬이 주방으로 후다닥 뛰어 들어오더니 학수의 귀에 대고 속삭였다.

"사장님, 부주방장님 오늘 못 나오신대요."

"뭐?"

학수가 예슬을 데리고 주방을 나가서 다시 물었다.

"갑자기 왜? 형일이 왜 못나온대?"

"몸이 아프시다고……."

"음……."

학수의 짐작으로는 일부러 안 나온 것 같았지만, 아프다고 하는데 어쩔 도리가 없었다.

"그럼 내일은 나올 수 있대?"

"그건 내일 되어봐야 알겠다고 하시던데요?"

"흠, 알았어. 내가 직접 가르쳐 줘야 되겠네……."

학수는 못마땅한 표정이 되었다가, 마침 식당으로 들어서던 호검을 발견하고는 얼굴을 펴며 인사했다.

"어, 호검아, 왔어?"

"네! 안녕하세요!"

호검이 꾸벅 인사를 하자, 학수가 말을 이었다.

"오늘 수업은 좀 늦게 시작해야겠다. 형일이가 안 나와서 오늘 새로 온 부주한테 내가 레시피를 직접 가르쳐 줘야 하거든. 아, 그래! 너도 와서 내가 요리 가르쳐 주는 걸 같이 보면 되겠다. 그것도 곧 배울 테니까."

"네!"

호검은 얼른 조리복으로 갈아입고 오늘은 주방으로 들어갔다.

"오, 호검아, 오랜만이다!"

현우가 장난스럽게 말하며 호검의 어깨에 팔을 둘렀다.

"에이, 형. 우리 오다가다 봤잖아요!"

"그래도, 주방에서 다시 보는 게 오랜만이잖아. 하하."

학수는 대영에게 레시피를 설명해 주고 있었다. 그러다 대영이 호검이 온 것을 보고 고개를 돌려 인사를 했다.

"아, 호검 씨! 안녕하세요. 우리 작년 칼질 대회 이후로 처음 보는 거죠? 재석이랑 같이 만나고 싶었는데 워낙 일이 바빠서 연락을 못 드렸네요."

"아, 네. 안녕하세요."

주변의 다른 파트장들은 대영의 말에서 '칼질 대회'라는 단어를 듣고 웅성댔다.

"칼질 대회? 올푸드 요리쇼에서 했던 칼질미션쇼 말하는 건가?"

"재석이가 그랬었잖아. 저 새로 온 부주가 그 칼질미션쇼에서 준우승 했었다고 말이야. 근데, 그 칼질 대회에서 호검이를 봤었다는 건가?"

학수도 대영이 호검과 안면이 있는 듯싶자 둘을 번갈아 쳐다보며 물었다.

"둘이 아는 사이야?"

대영은 학수의 물음에 웃으며 솔직히 대답했다.

"네. 한번 본적 있어요. 작년에 제가 준우승했던 칼질미션쇼에서 우승한 사람이 바로 여기 강호검 씨거든요."

"네에?"

대영의 말에 다른 주방 식구들이 깜짝 놀라며 다들 호검을 쳐다보았다. 호검은 난감한 표정을 짓고 있었는데, 학수가 물었다.

"정말이야? 작년에 그 칼질미션쇼에서 우승했었어?"

"아, 뭐. 네……."

"아니, 근데 왜 말 안 했어?"

칼판장이 얼른 끼어들어 물었다.

"굳이 제가 말씀드릴 필요가 없는 것 같아서……."

"그런 건 막 자랑을 해도 되는 과건데!"

"와, 대단한 녀석이었네, 정말!"

"어쩐지 칼 솜씨가 예사롭지 않더라. 이름에 '검'자가 들어가서 그런가?"

주방 식구들은 호검의 화려한 과거에 혀를 내둘렀다.

"오, 나도 이름에 '도'자나 '검'자를 넣을 걸 그랬나 봐요."

면장이 불쑥 농담을 던졌고 그의 실없는 농담에 다들 피식 웃었다.

학수는 직접적으로 호검에겐 아무 말도 하지 않았지만 자신이 제자는 잘 뽑은 것 같다는 생각이 들어 흐뭇하게 호검을 바라보았다.

그리고 곧 가볍게 박수를 치며 말했다.

"자, 여러분, 이제 각자 할 일 해주세요! 부주, 우린 레시피 얘기 계속하죠. 호검이도 와서 들어."

"네!"

주방 식구들은 이제 다시 각자의 위치로 돌아가 점심 타임

준비를 계속 이어갔다.

학수는 팔보채나 양장피, 유산슬, 마파두부 등의 〈아린〉만의 레시피를 대영에게 알려주었다.

"다른 데서는 채소 크기가 어느 정도였나요?"

"저희는 씹히는 맛을 중요시해서 대체로 좀 큼직하게 써는 편이었어요."

"아, 그럼 우리보다 익히는 시간이 좀 더 길었겠군요. 그래 봤자, 십몇 초 정도 차이겠지만. 근데 또 그 몇 초가 맛과 식감을 좌우하기도 하죠. 일단, 우리는 채소를 이렇게 좀 더 납작하게 썰어서 요리에 넣는 경우가 많으니까, 더 짧은 시간에 채소를 볶아내야 할 거예요. 아, 그리고 우린 아삭한 식감을 추구하거든요."

"네, 알겠습니다. 신경 쓰겠습니다."

학수는 식당마다 같은 요리라도 각 요리에 들어가는 재료의 차이가 조금씩 있기 때문에 그런 것들도 세세히 알려주었다.

하지만 물론 학수가 모든 비법을 다 알려주는 것은 아니었다.

몇 가지 요리는 춘빙처럼 학수가 직접 따로 소스를 만들어다가 사용하게 하는 경우도 있었다.

호검은 학수가 하는 말들을 잘 기억해 뒀고, 대영도 열심히 학수의 설명을 경청했다.

잠시 후, 점심 타임이 시작되었다.

"1번 테이블 짜장 둘, 고추잡채 하나, 탕수육 하나요!"

재석이 주문서를 읽자, 학수가 대영에게 말했다.

"자, 어디 한번 해보세요."

대영은 원래 하던 가락이 있어서 몇 가지만 달라진 요리들을 아주 손쉽게 해냈다. 학수는 몇 번 옆에서 그가 하는 것을 지켜보다가 그에게 맡겨도 되겠다 싶었는지 만족스럽게 대영의 어깨를 두드렸다.

"좋아요. 잘하시네요."

"감사합니다. 그런데, 말은 놓으셔도 되는데……. 제가 불편해서요."

"음, 그럴까요? 앞으로 계속 볼 거니까… 그래, 오늘 주방 잘 부탁해. 난 요즘 호검이 수업 때문에 주방에 잘 못 와보니까. 수고해."

"네! 셰프님!"

대영이 방긋 웃으며 대답했다.

학수는 곧 호검을 데리고 다시 사장실로 올라갔다. 사장실로 올라가서 학수의 개인 주방에 들어서자 시간은 벌써 12시가 훌쩍 넘어 있었다.

"조금만 봐주고 온다는 게 벌써 시간이 이렇게 됐네. 호검아, 얼른 수업 시작하자."

"네!"

학수는 원래 오늘 생선 요리 수업을 준비했는데, 갑자기 마음이 바뀌었다.

"호검아, 아까 내가 부주한테 설명해 줬던 요리 중에 기억나는 거 있어?"

"음, 다 기억이 나긴 하는데……. 아무거나 물어보세요."

호검은 학수가 레시피를 물어볼 줄 알고 자신 있게 답했다. 하지만 학수는 단지 레시피를 입으로 말하는 걸 시키려는 게 아니었다.

"오, 그래? 그럼, 난자완스 만들 수 있겠어?"

난자완스는 튀기듯 구운 둥글납작한 돼지고기 완자를 여러 채소를 넣은 걸쭉한 소스에 버무린 요리였다. 여기서 가장 중요한 건 돼지고기 완자를 어떻게 잡내가 안 나게, 맛있게 만드느냐였다.

"지금, 여기서요?"

호검은 직접 만들어보라고 할 것이란 예상은 하지 못했기 때문에 조금 놀라서 되물었고, 학수는 고개를 끄덕였다.

"응. 그건 먹어도 봤잖아. 내가 저번에 너 불러서 사장실에서 먹어보게 해준 요리 중에 있었던 거 기억하지?"

"네, 그럼요! 정말 맛있었죠. 음… 네! 만들 수 있어요."

"좋아, 그럼 한번 만들어봐. 재료는 냉장고에 다 있을 거야. 잘 찾아서 하면 되고, 못 찾겠는 거 있으면 나한테 말해. 그럼 준비해 줄게."

호검은 먼저 돼지고기 완자 만드는 법을 떠올리며 학수의 냉장고로 다가갔다.

'돼지고기, 청주, 간장, 마늘……'

호검은 재료를 다 꺼내온 다음 돼지고기부터 다져서 양념을 해두었고, 이어 채소들도 다듬기 시작했다.

'그때, 난자완스에 들어간 채소들은 다이아몬드 모양이었어.'

호검은 채소들을 다 썰어서 한쪽에 준비해 두고, 양념해서 만들어놓은 돼지고기 완자를 기름을 넉넉히 두른 웍에 구우려고 했다.

그런데 그때, 매니저 예슬이 학수의 개인 주방 문을 다급히 두드리더니 학수의 대답도 기다리지 않고 문을 불쑥 열고 들어와 말했다.

"사장님! 지금 주방에 내려와 보셔야겠어요!"

"뭐? 왜? 무슨 일인데?"

학수가 눈을 동그랗게 뜨고 그녀를 쳐다보며 물었고, 호검도 돼지고기를 웍에 넣으려다 말고 멈칫해서 예슬을 바라보았다.

　　　　　*　　　*　　　*

"호검아, 넌 그거 계속 만들고 있어. 난 주방에 갔다 올 테니까."

"네, 스승님."

"황 매니저, 가자. 근데 무슨 일이야?"

학수와 예슬은 사장실을 나갔고, 호검은 궁금했지만 계속 난자완스를 만들었다.

'이따가 스승님이 돌아오시면 알게 되겠지, 뭐.'

호검은 난자완스를 제대로 만들어내는 데에 온 신경을 집중했다.

'너무 기름이 달아 있으면 안쪽이 익기도 전에 겉이 다 타버릴 거야.'

호검은 기름 온도를 잘 생각해서 적정 온도가 된 듯할 때 돼지고기 완자를 집어넣었다.

그는 구 형태의 돼지고기 완자를 기름에 넣은 다음 살짝 위를 눌러 조금만 납작한 형태가 되도록 했다. 왜냐하면 〈아린〉의 난자완스는 아주 납작한 형태의 완자가 아니라 구의 형태에 더 가까운 완자였기 때문이다.

이리저리 굴려가며 완자를 잘 익힌 호검은 이제 완자를 기름에서 건져낼 준비를 했다.

'딱 좋아. 이 정도 갈색빛이 돌면 됐어.'

호검은 완자를 건져낸 다음, 곧바로 다른 웍에 기름을 두르고 대파, 마늘, 생강을 넣고 볶다가 표고버섯, 죽순, 청경채 등을 넣었다. 그러고는 간장과 굴소스, 청주 등을 섞어 만든 양념을 넣어 볶았다.

마지막에 전분 물을 풀어 걸쭉한 농도를 맞추고 미리 튀겨 놓은 완자를 넣었다.

'조금만 졸이면 되겠다.'

호검은 난자완스가 담긴 웍을 조심스럽게 흔들어서 잘 섞어주고는 간이 배도록 조금 졸여주고 있었다. 그런데, 갑자기 스승님의 다급한 목소리가 들려왔다.

"호검아! 너 난자완스 다 만들었어?"

"엇?"

호검이 깜짝 놀라 뒤를 돌아보았더니 학수가 와 있었다.

"아, 거의요. 지금 졸이는 중……."

"그래, 어디……."

학수는 얼른 숟가락을 꺼내들고 거의 완성된 난자완스에서 돼지고기 완자 하나를 건져내어 맛을 보았다.

"으음……."

"괜찮은가요?"

살짝 미간을 찌푸린 채 심각하게 맛을 보던 학수는 이내 환한 얼굴로 소리쳤다.

"오케이! 아주 좋아! 이거 여기 접시에 담아. 얼른!"

호검은 학수가 하도 급하게 다그쳐서 하라는 대로 우선 접시에 담았다.

"이거 가져간다."

"네? 어디로요?"

"손님한테."

"네에?"

호검이 어리둥절한 표정으로 학수를 쳐다보는데, 학수는 이미 호검의 난자완스를 들고 사장실을 나가고 있었다.

"뭐가 어떻게 된 거지?"

학수가 갑자기 호검의 난자완스를 들고 가버리자 호검은 황당했다.

일단 호검은 조리대 옆 의자에 앉아서 학수를 기다려 보기로 했는데, 그의 눈앞에 방금 학수가 한입 맛을 보고 놓고 간 완자가 보였다.

'맛이 괜찮나?'

호검은 숟가락으로 완자를 조금 떼어내서 맛을 보았다.

'오! 맛있네? 스승님이 만드셨던 거랑 맛이 거의 비슷해.'

역시 호검이 만든 난자완스는 맛있었다. 그는 완자를 조금 더 떼어내서 입에 넣었다.

'왜 물밤을 다져서 넣는지 알겠네. 확실히 식감도 그렇고 맛도 좋아…….'

호검은 완자 맛을 다 본 후 난자완스를 볶아냈던 웍을 깨끗이 씻었다. 웍을 다 씻고 주변 정리를 조금 하고 나자 학수가 돌아왔다.

"호검아! 아주 잘했어! 하하하."

학수는 기분이 아주 좋아 보였다.

"손님이 제 난자완스 맛이 괜찮으시대요?"

"그럼! 당연하지!"

"그런데 무슨 일로 제 난자완스를 가져가신 거예요?"

"아, 실은 말이야……."

학수가 호검에게 자초지종을 설명하기 시작했다.

"아까 황 매니저가 주방에 내려와 보라고 했었잖아. 부주가 말이지……."

"김형일 부주방장님이요?"

"아니, 새로 온 부주 말이야. 문대영. 아무튼, 새 부주가 깜박하고 난자완스를 여기 오기 전에 일했던 곳에서 만들던 방식으로 만들었나 봐. 특히 돼지고기 완자에 물밤을 안 넣어서……. 근데 하필 단골손님이 오셔서 난자완스를 시키셨던 거야. 그분 입맛이 까다로우셔서 우리 〈아린〉 난자완스만 드시거든. 근데 새 부주가 자기 방식대로 난자완스를 만들어서 내니까 대번에 맛이 다르다고 클레임이 들어온 거지."

"그럼, 제 난자완스가 그분께 간 거예요?"

호검이 눈이 동그래져서 물었다. 그러자 학수가 만족스런 미소를 지으며 고개를 끄덕였다.

"어. 맞아. 내가 다시 만들려다가… 아, 또 그분 성격이 급하시거든. 우리 난자완스는 주문이 들어오면 그 자리에서 바로 돼지고기 완자를 만들잖아. 그러니까 오래 걸리는데, 다시 만들려면 그 손님이 너무 오래 기다리셔야 하고, 난감하던 차였지. 그래서 내가 네가 만든 난자완스를 바로 가져다 드린 거지."

"와, 마침 딱 맞았네요. 사장님 신기 있으신가 봐요. 하하하. 저한테 뜬금없이 난자완스를 만들어보라고 하셔서 당황했었는데, 와, 이런 일이 다 있네요!"

호검이 신기해하며 뿌듯해 했다.

"그런가? 하하하. 근데 네가 잘못 만들었으면 이거 좀 난감했을 건데, 네가 한 번에 아주 잘해내서 다행이야. 이러다 금방 부주도 할 정도 실력이 되겠는데?"

"아이, 과찬이세요. 근데 참, 문대영 부주방장님이 혼자 바로 하기에는 좀 힘들긴 하실 것 같은데……"

"안 그래도 이따 저녁 타임은 내가 내려가서 좀 가르쳐 줘

야 할 것 같아. 내일도 형일이가 안 나올 것 같은데, 그럼 내일
도 내가 좀 같이 봐주려고. 호검이 너도 가서 나 하는 거 옆
에 딱 붙어서 구경해. 뭐, 네가 잘하면 시킬 수도 있고. 하하
하."

학수는 연신 웃으며 말했다. 학수는 호검에게 아까 설명해
주었던 〈아린〉의 주요 메뉴들을 한번 만들어보게 시켰고, 저
녁 타임에는 호검과 함께 주방에 내려와 대영에게 레시피를
알려주며 도와주었다.

＊　　　＊　　　＊

그사이, 아프다던 형일은 〈팔선정〉의 사장 박선정과 주방장
안주섭을 만나고 있었다. 마침 그날이 〈팔선정〉이 쉬는 날이
었기에 약속을 그날로 잡았던 것이다. 형일은 이제 학수와의
인연도 끝이니 거짓말을 하거나 일을 좀 빠져도 별 상관없다
고 생각했다.

'자기가 어쩔 거야? 이제 난 자기 제자도 아니고, 직원도 아
닌데.'

형일은 박선정이 잘 가는 한정식 집에서 둘을 만났다.

"안녕하세요, 형일 씨. 여기는 우리 주방장님. 두 분 서로
인사 나누세요."

"안녕하세요. 처음 뵙겠습니다. 김형일입니다, 주방장님."

"어, 안녕. 나 안주섭이야. 잘해보자고."

형일은 이제 안주섭의 라인을 잘 타야 하기 때문에 깍듯하게 인사를 했고, 안주섭은 자기가 나이가 훨씬 많으니 보자마자 형일에게 말을 놓았다. 뭐, 원래도 그다지 존댓말을 잘하는 스타일은 아니기도 했다.

선정과 형일, 그리고 주섭은 늦은 오후에 만나서 반주도 좀 하며 대화를 나눴고, 분위기가 어느 정도 무르익자 선정이 조심스럽게 말을 꺼냈다.

"음, 주방장님, 여기 형일 씨가 주방장님 제자가 되고 싶다는데, 어떻게 생각하세요?"

"왜? 내 제자 돼서 뭐하게?"

안주섭이 퉁명스럽게 대꾸했다. 형일은 조금 당황해 하며 선정에게 말했다.

"아니, 박 사장님, 그게 먼저가 아닌데……."

형일이 안주섭의 제자가 되겠다고 한 건, 요리대결 프로그램에 안주섭이 나가게 되면 그에게 제자가 없으니 자신이 제자로 나가겠다는 의미였다. 물론 선성도 그 의미를 알고 있었다.

"호호호. 알았어요. 그럼 먼저 할 말을 꺼내놓죠."

선정이 경쾌하게 웃으며 말하자, 형일은 눈이 커졌다.

'먼저 할 말이라면 설마 그 요리 대결 프로그램에 대한 것인가?'

형일이 침을 꿀꺽 삼키고 선정에게 시선을 고정했다. 선정은 먼저 안주섭을 쳐다보고 물었다.

"제가 일전에 주방장님께 혹시 요리 대결 프로그램에 나갈 수 있는 기회가 생기면 나가실 수 있냐고 여쭸었죠?"

"응, 그랬지. 근데, 박 사장이 아예 프로그램을 만든 거야?"

"아휴, 아뇨. 그 정도 능력은 안 돼요. 그냥 방송 쪽에 아는 분이 좀 계셔서, 한 2개월 뒤에 들어가는 신규 프로그램 하나 잡아놨어요."

"뭐어? 진짜?"

안주섭이 정말 놀랐는지 두 손으로 상을 탕 치며 말했다. 형일도 놀라서 입을 쩍 벌렸다가 정신을 차리고 물었다.

"정말요? 그거 정말 잡으신 거예요? 어떻게요?"

"제가 아는 분이 있다니까요. 호호. 그래도 아무리 아는 분이 있어도 실력 없으면 못 나가는데요, 우리 〈팔선정〉의 안주섭 주방장님이라고 하니까 좋다고 하더라고요. 주방장님 일전에 잡지 인터뷰도 하나 하셨잖아요."

"그렇지. 하나 했지. 요리 잡지에 말이야."

"제가 그걸 딱 보여 드리면서 제안을 했죠. 그랬더니 오케이 하더라고요. 호호. 근데요……."

선정이 막 웃다가 갑자기 웃음을 멈추고 조심스럽게 운을 뗐다.

"어, 근데, 뭐?"

"음, 그 프로그램이 2인 1조로 스승과 제자가 나가야 하는 프로그램이라서, 여기 형일 씨가 주방장님 제자로 함께 나갔으면 해요."

"아, 그래서 제자 이야길 한 거구만? 뭐, 박 사장이 그러라면 그래야지. 이런 기회도 만들어준 게 박 사장인데. 그리고 뭐 나야 손해 볼 거 있나. 얘, 천학수 제자였잖아. 그럼 내가 안 가르쳐 줘도 알아서 잘하겠지."

안주섭은 별 불만 없이 바로 오케이를 했다.

"와, 감사합니다! 주방장님을 앞으로 스승으로 모실게요."

형일은 연거푸 고개를 숙이며 안주섭에게 인사를 했다.

"나한테 고마울 게 뭐 있나. 박 사장한테 고마워해야지."

"아휴, 두 분 다 감사합니다. 정말 〈팔선정〉에서 열심히 일하겠습니다!"

형일은 지금 기분이 날아갈 것 같았다. 그리고 스스로가 너무 자랑스럽기까지 했다. 이렇게 요리 대결 프로그램에 나갈 수 있게 된 것은 그 자신이 노력했기 때문이라고 생각했기 때문이다.

'와, 나 진짜 선택 잘했네! 곧 내 이름이 전국에 알려질 거야! 난 천학수보다 더 이름난 중식요리사가 될 거라고! 요리사? 요즘은 실력이 다가 아니지. 얼마나 얼굴이 알려지느냐가 더 중요한 거라고!'

한창 형일의 입꼬리가 귀에 걸려 있는데, 안주섭이 갑자기 물었다.

"근데, 하나 물어봐도 돼?"

"네? 뭘요?"

"왜 〈아린〉을 나온 거야?"

"음, 그건, 그냥 저랑 천 사장님의 가치관이 안 맞아서요."

"무슨 가치관?"

"뭐, 여러 가지요."

"그래? 그럼 나랑은 잘 맞을 것 같나?"

"네! 물론입니다. 자, 제 술 한잔 받으세요. 박 사장님도요."

형일은 주섭과 선정에게 술을 따라주었고, 선정도 형일의 잔에 술을 채워주었다.

그리고 셋을 잔을 부딪치며 건배를 했다.

"그럼, 잘 부탁드립니다!"

"잘해보자고!"

＊　　　＊　　　＊

결국 학수의 예상대로 다음 날부터 형일은 핑계를 대고 아예 〈아린〉에 나오지 않았다. 학수는 직접 대영에게 〈아린〉의 기본 요리들을 가르쳐 주었고, 그 덕분에 호검도 생각보다 빨리 〈아린〉의 요리 메뉴들을 만드는 법을 배울 수 있었다.

그리고 대영이 온 지 일주일 남짓 지났다. 그는 어느 정도 실수 없이도 혼자 요리를 담당할 수 있을 정도가 되었다.

학수가 브레이크 타임에 다시 한 번 요리법들을 정리해 준 다음 대영에게 말했다.

"이 정도면 됐어. 오늘 저녁 타임은 혼자 해봐. 할 수 있겠지? 뭐 모르는 거 있으면 호출하고."

"네!"

대영은 이제 새로운 주방에 거의 적응한 상태여서 씩씩하게 답했다. 학수는 주방을 나가려고 앞장을 섰고, 호검은 그의 뒤를 따랐다. 그런데 갑자기 학수가 주방을 나가다 말고 멈춰 섰다.

호검은 왜 그러나 싶어 눈치를 보고 있는데, 주방 문 밖에서 식사장과 예슬의 말소리가 들려왔다.

"정말요? 그 프로그램 나간대요? 〈팔선정〉 주방장님 제자로요?"

"그렇다니까. 지금 거기 면장으로 있는 준성이한테 들은 얘기야. 직접 들은 건 아니고 건너 건너 들었지만."

"와, 근데, 형일 씨 대단하네요. 그렇게 그 프로그램이 나가고 싶으셨나……. 아니, 뭐, 나가고 싶을 수도 있긴 한데……."

"이거 사장님께 말씀드려야 할까?"

"음, 말씀드려야 하지 않을까요?"

여기까지 들은 학수가 주방문을 열고 나갔다.

"엇. 사, 사장님!!"

"나한테 말할까 말까 고민 안 해도 돼. 이미 다 들었어. 가자, 호검아."

"네, 네."

식사장과 예슬은 놀라서 아무 말도 못 하고 학수의 뒷모습을 멍하니 쳐다보았다. 호검도 학수가 화가 난 것 같아서 아무 말도 안 하고 조용히 학수를 따라갔다.

사장실에 들어서자마자, 학수는 뒤를 휙 돌더니 호검에게 말했다.

"강호검! 너 내 수제자로 그 프로그램 나가볼래?"

"네? 제가요? 전 아직 실력이……."

"내가 어떻게든 그 요리 대결 프로그램 하기 전에 널 부주방장보다 더 실력 있는 중식요리사로 만들어놓을 테니까 실력 걱정은 말고, 해볼래?"

호검을 쳐다보는 학수의 눈에 자신감이 어려 있었다.

　　　　　*　　　　　*　　　　　*

　호검은 생각지도 못했던 학수의 제안에 깜짝 놀랐다.

　"아…… 제가 두 달여 만에 그 정도 실력이 될지 모르겠어요. 아직 자신이 좀 없는데……"

　"너 정도면 충분해! 그리고 내가 있잖아!"

　학수가 호검을 북돋아주며 말했다. 호검은 잠시 아무 대답도 못 하고 뜸을 들이고 있었다.

　'이거 나가도 될까? 천 셰프님의 제자로 나간다면 얼굴이 알려져도 날 어쩌지 못할 거 같긴 한데……. 근데 그렇게 스승님 수제자로 알려지고 나면 일식은 어떻게 배우러 가지? 스승님께 솔직히 다 말씀드리고 양해를 구할까? 스승님은 확실히 믿을 만한 분이시겠지?'

　짧은 순간에 오만 가지 생각이 그의 머릿속을 스쳐 지나갔다. 호검이 빨리 대답을 못 하자, 학수가 웃으며 말했다.

　"그래, 너도 고민할 시간이 필요하겠지. 그럼 며칠 고민해봐."

　"네, 생각해 볼게요."

　"그럼, 오늘 수업 시작하자."

　호검이 이제 〈아린〉에서 판매하는 요리들은 다 배운 상태였으므로 이제 학수는 호검에게 새로운 요리들을 가르쳐 주기 시작했다.

"오늘은 양고기 요리를 해볼 거야. 이 요리의 이름은 양로우파오모[羊肉泡饃]야. 양고기를 넣어 만든 탕에 빵 같은 걸 찢어 넣어서 같이 먹는 요리지. 중국 시안에 가면 꼭 먹어봐야 하는 요리야."

"이탈리아 요리에서 빵을 파스타 소스에 찍어 먹는 것처럼요?"

"음. 그건 걸쭉한 소스에 찍어 먹는 거지만, 이건 맑은 국물에 완전히 적셔 먹는 거라고 할 수 있지."

"맑은 국물에 빵이라니. 맛이 어떨지 되게 궁금하네요. 빵은 그럼 만터우인가요?"

"아니, 두꺼운 피자 모양이야. 피자처럼 둥글게 펴서 구워내는 빵이지."

학수는 양고기의 잡내를 없애고 탕을 끓이는 법부터 빵을 만드는 법까지 천천히, 그리고 세심하게 알려주었다. 학수는 원래도 잘 가르쳐 주긴 했었지만, 오늘따라 더 세심하게 가르쳐 주고 있는 거 같았다. 호검은 그런 학수가 고마우면서도 마음이 무거웠다.

'프로그램에 나가려면 내가 빨리 실력이 늘어야 하니까 더 신경 써서 가르쳐 주시는 것 같네……. 나도 나갈 수 있으면

좋긴 한데, 음…….'

그날 밤, 수업이 끝나고 호검이 사장실을 나오려는데 갑자기 학수가 호검을 불러 세웠다.

"호검아! 오늘 나랑 술 한잔할래?"

"네?"

호검은 학수가 뭔가 자신을 설득하기 위해서 더 친근한 분위기를 만들려고 하나 보다고 생각했다. 스승이 그러자고 하는데 거절할 수는 없으니 호검은 다시 사장실 소파에 앉았다.

"내가 찹쌀탕수육 후딱 만들어 올 테니까, 넌 여기 앉아 있어."

학수가 자신이 안주로 찹쌀탕수육을 만들어 온다며 개인 주방으로 들어가려고 하자, 호검이 벌떡 일어나 말했다.

"제가 만들게요. 스승님이 쉬고 계세요."

"아니야, 내가 대접해 줘야지."

"참, 제가 찹쌀탕수육을 조금 다르게 만들어봤었는데, 그거 맛이 어떤지 스승님이 평가해 주세요, 그럼!"

"그래?"

학수는 호검이 뭔가 색다르게 찹쌀탕수육을 만들어봤다 하니 그제야 호검에게 요리를 맡겼다.

"그럼 나는 홀에 좀 내려갔다 올게. 만들고 있어."

"네! 스승님!"

호검은 찹쌀탕수육의 돼지고기를 간장으로 재우는 방식을 사용해서 찹쌀탕수육을 만들었다. 학수는 홀에 내려갔다가 다시 와서 고량주와 잔을 꺼내 찹쌀탕수육이 완성되기를 기다렸다.

15분 만에 찹쌀탕수육이 완성되었고, 호검은 테이블 가운데에 찹쌀탕수육을 가져다 놓았다.

"음? 보기엔 똑같은데?"

학수는 새로운 찹쌀탕수육이라고 해서 뭔가 재료가 다르거나 모양이 다를 줄 알았는데, 학수가 만드는 탕수육과 거의 같은 모습이니 의아해서 물었다.

"아, 맛이 좀 다를 거예요. 드셔보세요."

학수는 호검의 말에 고개를 끄덕이더니 젓가락을 들었다. 그리고 탕수육 한 개를 집어 입에 넣어보더니 다시 또 고개를 끄덕였다.

"오, 맛이 정말 좀 다르긴 하네. 고기에 양념을 더 했구나?"

"네, 이건 간장과 마늘 양념을 한 거예요."

"맛있네! 뭔가 감칠맛이 더 있어. 우리 레시피도 이걸로 바꿀까……?"

학수는 호검의 찹쌀탕수육을 하나 더 먹으면서 말했다. 호검은 학수에게 검증을 받으니 기분이 좋아서 활짝 웃었다.

잠시 후, 본격적으로 술잔이 오고 가기 시작했다. 주로 학수가 자신이 걸어온 삶에 대한 이야기를 늘어놓고, 호검은 열심히 경청하는 분위기였다.

"오늘 술이 잘 들어가네. 이 고량주 원래 센 술인데."

"한 잔 더 드릴까요?"

호검이 고량주 병을 들며 학수에게 물었다. 학수는 조금 취한 듯 벌건 얼굴을 하고 씨익 웃더니 고개를 끄덕였다.

호검에게 한 잔 받은 학수는 이번엔 자기가 고량주 병을 들더니 호검에게 물었다.

"너도 더 줄까?"

"아, 저는 술이 좀 약해서……. 벌써 취한 것 같아요."

호검은 강하게 손을 휘저으며 말했다.

"흐흐, 그럼 그냥 잔만 채워놓자."

학수는 싱글벙글 웃으며 호검의 잔에 술을 따라주었다.

점점 분위기가 무르익고, 학수가 과거 이야기를 하다가 민석의 이야기까지 나오게 되었다.

"내가 어릴 때 중식 자격증 따려고 학원을 다녔었는데, 거기서 민석이를 만났지. 민석이 걔가 성격도 활달하고, 성격이 유들유들해서 주변에 친구들이 많았는데, 난 좀 원래 말수가 없고, 사람도 가리고 그래서 친구는 별로 없었어. 그때 그 학원에서 민석이까지 딱 친구 3명을 사귀었는데, 민석이랑 산에 들어간 친구 하나, 그리고……."

학수가 갑자기 이야기를 하다 말고 고개를 떨구었다.

호검은 학수가 갑자기 무슨 말을 하려고 저러나 생각하며 그의 다음 말에 귀를 기울였다.

'설마……'

그런데 학수의 입에서 나온 건 한숨이었다.

"하아……. 후우……."

"스승님, 왜 그러세요……?"

호검이 조심스럽게 학수의 눈치를 살피며 물었다. 학수는 호검의 말에 고개를 슬며시 들었는데, 그의 눈가는 촉촉해져 있었다.

"내 친구가 하나 더 있었는데 말이야. 살아 있을 때 자주 만나고 했어야 하는 건데……."

"그, 그분이 누구신데요?"

호검은 자신의 양아버지를 말하는 것 같아 떨리는 마음으로 물었다.

"너무 미안해서 장례식에도 못 가보고……. 미안하다. 철수야… 철수야……."

갑자기 학수가 눈물을 흘리며 호검의 양아버지인 강철수의 이름을 중얼거렸다. 호검은 자신의 양아버지 이름이 학수의 입에서 흘러나오자 자신도 모르게 눈물이 차올랐다.

'왜 미안하다는 거지? 단지 연락을 안 하고 살아서?'

호검은 학수가 왜 철수에게 미안해하는 건지 궁금했다. 학수는 잠시 눈물을 흘리며 웅얼거리듯 탄식했다.

"내 일 아니라고 그냥 둔 게 내 잘못이지. 그게 철수한테 그럴 줄은……."

"네?"

호검이 학수의 말이 잘 안 들려서 귀를 가까이하며 되물었다. 그러자 학수가 눈물을 훔치더니 고개를 들고 말했다.

"호검아, 이건 내가 너한테만 하는 얘기야. 내가 술 마시면 자꾸 그 친구 생각이 나서……. 그런데 털어놓을 데도 없고……."

"네, 말씀하세요."

학수는 힘없이 이야기를 하다가 무슨 생각이 났는지 갑자기 눈을 부릅뜨고 말했다.

"이용혁, 그 나쁜 새끼!"

"이용혁이요?"

호검은 이용혁이란 이름을 듣자 절로 미간이 찌푸려지며 인상이 써졌다. 그런데 학수는 곧 다시 눈에 힘을 풀더니 시무룩해서는 탄식했다.

"아니지, 내가 나쁜 놈이지……."

호검은 이제 궁금하기도 하고 답답하기도 해서 학수를 조금 다그쳤다.

"무슨 일이 있으셨는데 그러세요? 이용혁이 나쁜 놈인 건 알겠는데, 스승님은 왜요?"

"하아……."

학수는 한숨을 한 번 더 쉬더니 드디어 이야기를 풀어놓았다.

"어느 날, 이용혁이 내 가게에 왔었지. 원래 가끔 들러서 기자랍시고 공짜 밥을 얻어먹고 가곤 했었어. 근데 그날은 누구 손님을 대접한다고 웬일로 자기가 돈을 냈었어."

"기자가 무슨 벼슬이라고……."

호검은 절로 이런 말이 입 밖으로 튀어나왔다. 그래도 좀 낮게 중얼거려서인지 학수는 호검의 말을 못 들은 것 같았다.

학수는 계속 말을 이었다.

"이용혁이 기자니까 괜히 밉보이면 안 된다고 황 매니저가 하도 신신당부를 해서 난 최선을 다해서 친절하게 대해주고 있었지. 아무튼, 근데 이용혁이 돈을 냈던 그날, 내가 직접 인사도 할 겸 요리를 가지고 이용혁이 있던 방에 서빙을 갔었어. 그런데 거기서 무슨 요리에 파리가 나오게 하면 어떻냐, 머리카락보다는 파리가 낫지 않냐 뭐 그런 소리를 하고 있더라고."

호검은 주먹을 불끈 쥐었다. 학수는 이용혁이 모의하고 있는 걸 목격한 것이었다.

"그, 그래서요?"

"난 그냥 원래 남 일에 참견 안 하는 성격이라 그런 가보다 했지. 근데, 그게 철수네 식당일 줄이야……. 그 일 때문에 철수가 죽은 걸지도 몰라……."

호검은 갑자기 머리가 어지러워졌다. 그 일 때문에 양아버지가 죽은 걸지도 모른다니. 아버지는 교통사고로 돌아가셨는데…….

"그 일 때문이라니요?"

"교통사고라고는 들었지만, 그냥 자꾸 그런 생각이 들어. 내가 조금만 더 이용혁 얘기를 잘 들었더라면 그걸 미리 철수한테 알려줄 수도 있었을 텐데……. 그게 너무 미안한 거야. 그래서 차마 장례식에도 못 가겠더라……."

양아버지의 교통사고는 이 일과는 상관이 없을 확률이 높았다.

왜냐하면 파리 사건이 기사화된 것이 양아버지의 교통사고 당일이었기 때문에, 양아버지가 그 사건으로 스트레스를 받는 상황은 아니었다. 그땐 그냥 잘 무마가 된 사건으로 알고 있던 때였으니까.

"스승님 잘못도 아닌데요, 이용혁이 잘못이죠."

"그래도……. 내가 알려줄 수도 있었을 텐데……."

"스승님 잘못이 아니라니까요. 그런데, 그래서 그 이후에는 이용혁이 여기 안 왔어요?"

호검은 혹시 학수가 그 이후에 벌어진 식중독 사건도 알고 있었나 싶어 물었다.

"오긴 왔었는데, 내가 파리 사건 얘기 하면서 다시는 오지 말라고 했어."

"아니, 이용혁이 〈아린〉에 대해 나쁘게 기사를 내면 어쩌시려고 그러셨어요?"

"그땐, 뭐 아무 생각 없었어. 그러려면 그래라 했지. 근데 이용혁도 내가 그런 비밀을 알고 있는데, 괜히 날 건드리진 못했겠지."

"아, 그렇겠네요."

호검이 고개를 끄덕였다. 학수는 고량주를 자기 잔에 따르려고 했고, 호검은 얼른 고량주 병을 받아서 학수의 잔에 따라주었다. 학수는 고량주 한 잔을 단번에 비우더니 다시 입을 열었다.

"후우. 너도 친구 있지?"

"네."

"친구들이랑 연락도 잘하고 지내. 한 번, 두 번, 연락이 뜸해지다 보면 그게 점점 텀이 길어지고 그럼 결국 연락도 못 하고 남남처럼 지내게 돼. 바빠도 한 달에 한 번쯤은 전화라도 해야 계속 잘 지낼 수 있어."

"네……."

"철수는 참 좋은 사람이었는데. 활달한 민석이와 내가 친해지게 된 것도 다 그 친구 덕분이었어. 철수가 나한테 먼저 와서 말도 걸어주고 민석이도 소개해 줬는데……. 내가 바쁘다고 연락도 안 하고 그래서……."

학수는 술만 들어가면 철수에게 미안하고 보고 싶어진다고 했다. 호검은 누군가 양아버지를 기억해 준다는 것이 고마웠다. 그러다 문득 궁금한 점이 생겨 학수에게 물었다.

"근데, 그때 이용혁과 같이 있던 사람은 누구였는지 아세요?"

호검이 뭔가 단서를 잡을 수 있을지도 모른다는 생각에 눈을 반짝이며 물었다.

학수는 술에 좀 취해서 그런지 그런 질문을 하는 호검을 이상하게 생각하지 않았다.

"음, 아니. 난 이용혁한테만 신경을 쓰느라……. 서로 반말하면서 친구처럼 대하긴 하던데……."

호검은 친구처럼 대했다는 말에 병원에서 이용혁이 전화를 하던 상대방인가 보다고 추측했다.

병원에서의 상대방과 통화할 때도 꼭 친구처럼 대화했기 때문이다.

그것 외에 학수에게서 더 이상의 단서는 얻어내지 못했지만, 호검은 학수가 이렇게 이야기를 해주니 한결 마음이 편해졌다.

'스승님은 일단 이용혁과는 상관없다는 것이 확실해. 믿을 수 있는 분이야. 우리 아버지도 그리워하시고……. 그럼 나도…….'

호검은 계속해서 잔에 담겨 있던 고량주를 입에 털어 넣더니 말문을 열었다.

"저도 털어놓을 말이 있어요."

"응? 뭔데?"

학수가 눈을 동그랗게 뜨고 호검을 빤히 쳐다보았다.

*　　　*　　　*

"솔직히 다 말씀드릴게요. 솔직히 다 말씀드려야 제가 프로그램을 나가도 될지 스승님께서 판단해 주실 수 있을 것 같아서요."

"응?"

학수는 호검이 하려는 게 무슨 얘기기에 프로그램 출연까지 관련된 건지 궁금했다.

"그래, 말해봐."

"저희 아버지에 대한 얘기예요."

"너희 아버지? 아, 그러고 보니 내가 내 얘기만 늘어놓고 네 얘기는 하나도 안 들었구나. 그럼 아버지가 혹시, 너 요리 하는 거 반대하시니?"

호검이 갑자기 아버지 이야기를 꺼내자 뭔가 둘 사이에 문제가 있나 싶어 학수가 넘겨짚어 물었다.

"아뇨, 그게 아니라, 음……."

호검이 침을 꼴깍 삼켰고, 학수는 호검의 입에서 나올 말을 기다렸다.

"저희 아버지 성함이 강, 철 자, 수 자예요."

"강, 철 자, 수 자… 강철수? 강철수? 내 친구 강철수? 맞아?"

학수가 깜짝 놀라 큰소리로 철수의 이름을 되풀이하며 자리에서 벌떡 일어났다.

호검의 그 말 한 마디에 술기운이 확 달아났고, 정신이 말짱해지는 것 같았다.

"네, 맞아요. 제가 민석 아저씨의 요리 학원에서 일도 하고 요리도 배우게 된 게 아버지와 민석 아저씨의 친분 덕분이고요."

학수는 멍하니 호검을 내려다보고 얼마간 말이 없었다. 그러다 드디어 말문을 열었다.

"학수는 결혼 안 했다고 들었는데?"

"전 아버지께 입양됐어요. 제가 아버지 식당에서 일하다가 아버지가 절 입양하셨죠."

"아……. 근데 왜 민석이는 네가 철수 아들이라고 말을 안 해준 거지?"

학수는 이해가 가지 않는다는 듯 고개를 갸웃거렸다.

"제가 말하지 말아달라고 부탁드렸어요."

"왜? 괜히 인맥으로 취직한 것 같을까 봐?"

"그런 것도 있고요……. 실은, 아버지께서 돌아가신 후에 제가 식당을 이어받아서 했었거든요. 그런데……."

호검은 학수에게 파리 사건 이후 이용혁이 식중독 사건까지 일으켜서 결국 아버지께 물려받은 식당이 망했다고 설명했다.

그리고 이용혁이 누군가의 사주로 일부러 아버지의 식당을 망하게 한 것 같아서 그게 누구인지 알아내려고 아버지의 주변 인물들을 다 의심할 수밖에 없었다고 말했다.

"그럼, 나도 그 의심되는 인물 중 하나였다?"

"네, 사실은 그렇습니다. 그런데 오늘 말씀하시는 걸 보고 의심할 분이 아니라는 걸 깨달았고요."

"혹시 이 사실을 민석이도 아니?"

"아뇨. 스승님께 처음 말씀드리는 거예요. 아무도 몰라요."

"근데, 찾아내서 어쩌려고? 그렇게 과감한 행동을 한 사람이라면 꽤 대단한 사람일 텐데……."

"복수할 거예요. 반드시."

"어떻게?"

"어떻게 복수할지는 몰라요. 일단 그 사람이 누구인지 찾아낸 다음에 그에 맞게 복수를 해줄 거예요."

호검이 단호하게 말했다. 학수는 그런 호검을 안타까운 눈빛으로 쳐다보고 있었다.

"그럼 이렇게 요리를 배우는 건 다 그 사람을 찾아내려고 배우고 다니는 거니?"

"아뇨. 제 목표는 두 가지예요. 원래 아버지가 돌아가시기 전에 제가 세계요리월드컵에서 1등 하는 걸 보고 싶다고 하셨거든요. 그래서 하나는 세계요리월드컵에서 우승하는 것이고, 다른 하나는 우리 식당을 망하게 만든 놈들을 찾아서 복수하는 거죠."

"네가 철수의 꿈이었구나……."

학수는 호검을 아련한 눈빛으로 쳐다보았다.

"제 계획은 여러 가지 요리를 다양하게 배워서 실력을 키운 다음 세계요리월드컵에 나가는 거예요. 그래서 음, 수제자인 제가 이런 말씀 드리기 죄송스럽지만, 제가 스승님께 중국 요리를 다 배우고 난 후에 일본 요리라든가, 궁중 요리 이런 것들도… 배우러 가야 하거든요."

호검은 학수의 아련한 눈빛에도 아랑곳하지 않고 확고하게 말했다.

물론 죄송하다고 말하는 부분에서는 눈빛이 흔들렸지만 말이다.

"아……. 내 수제자로 계속 여기 머물 순 없다, 이거지?"

학수는 호검의 말을 이해했다.

"네, 죄송해요. 본의 아니게 스승님을 속인 것 같아서 저도 마음이 무거웠어요. 하지만 이건 꼭 약속드릴 수 있어요. 제가 다른 요리들을 다 배우고 세계요리월드컵에 나가서 1등을 해서 꿈을 이루면 다시 스승님께 돌아올게요. 물론 스승님께서 이걸 다 이해해 주시고 절 다시 받아주신다면요."

"음……."

학수는 잠시 생각에 빠졌고, 호검은 초조하게 그의 대답을 기다렸다. 곧, 학수가 입을 열었다.

"좋아. 이해할게. 네가 철수 아들이고 철수의 살아생전 꿈이 네가 세계요리월드컵에서 우승하는 거였다니, 그 꿈을 이룰 수 있게 나도 돕고 싶어. 나한테 다 배우면 다른 요리를 배우러 가도 좋아. 단……."

호검이 학수가 이해해 준다니 안도했다.

그런데, 단서를 달려고 하자, 다시 긴장해서 학수를 쳐다보았다.

"요리 대결 프로그램에 나간 다음에 보내줄게."

"아, 그럼 요리 대결 프로그램도 나갈 수 있게 허락해 주시는 거예요?"

"물론이지. 네가 내 수제잔데. 그리고 네가 철수의 식당을 물려받았는데도 또 사건을 일으켜서 식당을 망하게 했다며? 그렇다면 그 사람들이 널 주시하고 있을 수도 있어. 하지만, 아예 그런 프로그램에 나가서 네가 내 수제자라고 알려지면 오히려 널 어쩌지 못할 거야. 내가 네 든든한 배후가 되어줄 테니까."

학수의 말이 맞을지도 몰랐다. 호검 혼자 방송이나 기사에 모습을 드러내게 되면 위험할 순 있어도, 아예 꽤 이름난 요리사의 수제자라고 알려진다면 그건 오히려 덜 위험할 수 있었다.

"아. 정말, 정말 감사합니다! 스승님!"

호검은 학수가 너무 고마워서 연신 고개 숙여 인사했다. 그러자 학수가 호검에게로 다가가 그를 와락 안더니 등을 토닥였다.

"아버지가 자랑스러워하실 거야. 참 열심히 잘 살고 있다고."

"정말 그러셨으면 좋겠어요."

"그럼. 내가 봐도 자랑스러운데, 철수도 그럴 거야. 그런데 복수는 스스로를 파괴하지 않을 정도로만 해. 내 생각엔 네가 세계적인 요리사가 되는 게 그 나쁜 놈들에게 하나의 복수가 될 것 같은데……."

학수는 호검에게서 떨어지며 안쓰러운 눈빛으로 그를 바라보았다.

학수는 호검이 괜히 복수에 눈이 멀어 스스로 힘들어할까 봐 걱정이 되었던 것이다.

"네, 그건 제가 잘 알아서 할게요. 뭐, 사실 아직 그 나쁜 놈들이 누군지도 몰라서 우선 전 아버지의 꿈, 그리고 제 꿈이기도 한 세계적인 요리사가 되는 것에 혼신을 다하고 있어요."

"그래, 잘하고 있어. 내가 그 꿈을 이루는 데 도움이 되었으면 좋겠구나."

"이미 많은 도움이 되고 계세요. 감사해요."

"그렇다면 다행이구나."

학수가 희미한 미소를 지어보였다.

"아참, 오늘 제가 한 얘기는 비밀로 해주시면 좋겠어요. 민석 아저씨께도요."

"그래, 너도 내 얘기는 비밀로 해주면 좋겠다."

"네! 스승님!"

"그래, 내 수제자! 허허허."

둘은 서로를 마주 보고 활짝 웃었다. 이로써 스승과 제자는 함께 요리 대결에 나가기로 합의를 보았다.

학수와의 술자리가 끝나고, 홀가분한 마음으로 집에 돌아왔다.

'정말 다행이야, 스승님이 날 이해해 주셔서. 이게 다 아버지 덕분이네……'

그러고 보니 호검은 다 아버지의 덕에 이렇게 성장해 나가고 있었다.

아버지가 과거에 친구들에게 잘 대해주었기에 그 덕이 호검에게까지 미치는 것 같았다.

호검은 그날 밤 아버지의 사진을 꺼내서 보다가 손에 쥔 채 그대로 잠이 들었다.

*　　　　*　　　　*

다음 날, 학수는 〈아린〉에 나가자마자 황 매니저에게 대뜸 말했다.

"그 요리 대결 프로그램 피디 연락처 좀 알려줘."

"네? 왜요?"

"지금 나간다고 해도 되는지 물어보게."

학수의 말에 예슬의 눈이 휘둥그레졌다. 그렇게 설득을 해도 안 나가겠다고 고집을 부려서 결국 부주방장인 형일이 식당을 그만두기까지 했는데, 이제 와서 나간다니. 예슬은 학수의 변덕이 한편으론 어이없기도 했다.

"네에? 갑자기 왜……?"

"황 매니저가 나가라고, 나가라고 했었잖아. 그래서 황 매니저 소원 들어주는 셈 치고 나가보려고."

"아, 정말! 그럼 진즉에 들어주시죠! 부주방장님은 이미 〈팔선정〉으로 옮겨서 거기 주방장님이랑 나오신다는데!"

예슬이 살짝 짜증스러운 말투로 툴툴댔다.

"형일이는 어쨌든 소원대로 그 프로그램 나가게 됐으면 된 거잖아?"

그건 맞는 말이었다. 예슬은 형일도 프로그램에 나가게 되었으니 됐고, 학수도 나간다고 하니 이건 듣던 중 반가운 소리였다.

"뭐, 그건 그렇네요. 흠, 그런데 정말 왜 갑자기 마음이 바뀌신 거예요?"

"그냥. 매니저 말대로 중식을 널리 알려야지! 허허허. 피디 연락처 안 가르쳐 줄 거야?"

"아, 네! 당연히 가르쳐 드려야죠!"

예슬은 학수가 프로그램에 나간다니 싱글벙글 웃으며 피디 연락처를 건넸다.

"근데, 그럼 호검 씨랑 나가는 거예요?"

"어."

"벌써 호검 씨가 그 정도 실력이 돼요?"

"아직 시간 좀 있으니까 잘 가르치면 될 거야."

"와, 호검 씨 요리천재라고 하더니 정말인가 보죠?"

"음. 나보다는 못하지만, 천재긴 천재인 것 같아. 하하하."

학수는 농담을 던졌고, 예슬도 학수가 프로그램에 출연한다고 하니 기분이 좋아 이번 농담은 웃으며 받아주었다.

"그럼요! 우리 사장님 천재시죠. 그러니까 프로그램 나가서 천재적인 실력을 보여주세요!"

"그래, 좋아! 근데, 내가 너무 늦게 연락해서 안 된다고 하려나?"

"된다고 할 거예요, 분명히! 사장님처럼 뛰어난 실력자는 자리를 만들어서라도 출연시키는 게 이득이죠! 걱정 말고 전화 걸어보세요."

"알았어. 고마워."

학수는 곧장 사무실로 올라가 요리 대결 프로그램의 담당 피디에게 전화를 걸었다.

"안녕하세요. 〈아린〉의 천학수입니다."

―안녕하세요! 직접 이렇게 전화를 주시고, 감사합니다!

"제가 너무 늦게 연락을 드린 건 아닌지 모르겠네요. 그 요리 대결 프로그램에 출연하고 싶은데, 지금이라도 가능할까요?"

―네? 진심이세요? 정말요?

피디는 벌써 제안을 한지 3주가 지나고 있던 터라 완전 포기 상태였는데, 이렇게 학수에게 연락이 와서 믿을 수 없는지 몇 번이나 되물었다.

"네, 진심입니다."

―와! 아니! 와……!

피디는 너무 기뻐서 말을 잇지 못하고 감탄사만 내뱉고 있었다.

"출연 가능한 거죠?"

학수는 다시 한 번 물었고, 피디는 그제야 큰소리로 대답했다.

―물론입니다. 나와만 주신다면 저희는 정말 감사하죠!

"하하하. 너무 늦게 연락드려서 죄송합니다. 음, 그럼 녹화가 언제부터인가요?"

―네, 딱 두 달 남았네요. 아, 자세한 사항은 제가 직접 찾아뵙고 설명 드려도 될까요?

"네, 조만간 저희 매니저에게 미리 연락 주시고 찾아와 주시면 감사하겠습니다."

─알겠습니다. 곧 뵙겠습니다. 감사합니다!

학수는 피디에게 출연 의사를 확실히 알리고 전화를 끊었다.

'두 달이라……. 가능할 거야. 호검이는 요리천재니까.'

그리고 귀신도 제 생각 하면 온다더니, 요리천재 호검이가 사장실에 들어오며 활기차게 인사를 했다.

"안녕하세요, 스승님!"

"그래, 호검아! 그 프로그램 출연하겠다고 피디한테 연락했어."

"아, 네. 언제 녹화 시작이래요?"

"딱 두 달 남았대."

"으아, 촉박하네요."

호검이 마음이 급해지는지 조금 안절부절못하며 말했다.

"아냐. 넌 충분히 할 수 있어. 자, 그런 의미에서 오늘부터 스파르타식이다!"

"네? 막 군사훈련처럼 엄격하게 하시겠다는 말씀이세요?"

호검이 긴장하며 되물었다.

"하하하. 말이 그렇다는 거지. 일단, 내 계획은 이래. 한 달 반 동안은 내가 아는 모든 지식을 다 너한테 알려줄 거고, 물론 실습도 포함해서. 그리고 프로그램 나가기 직전 2주간

은 나가서 보여줄 메뉴들을 연습하고, 프로그램에 대비할 거
야."

"네! 지금까지보다 더 열심히 배우겠습니다! 스파르타!"

호검은 눈을 반짝이며 의지를 불태웠다.

2. 대결! 요리천하

며칠 후, 요리 대결 프로그램 피디가 〈아린〉으로 찾아왔다. 학수는 아예 호검을 데리고 피디를 만났다. 학수는 피디와 악수를 하며 인사를 나눴다.

"안녕하세요, 피디님."

"안녕하세요!"

피디는 얼른 자신의 명함을 꺼내 학수와 호검에게 건넸다.

"김창훈입니다."

"아, 네. 김창훈 피디님. 전 아시다시피 천학수이고요, 여기 이쪽은 이번 요리 대결 프로그램에 같이 나갈 제 수제자 강호검입니다."

학수의 소개에 호검이 다시 한 번 고개를 숙여 인사를 했고, 창훈은 호검을 찬찬히 살펴보더니 말했다.

"아하. 제자셨군요. 근데 제가 지금까지 만나본 수제자분들 중에 가장 어리신 것 같아요. 실례지만 나이가······?"

"스물여섯입니다. 하하."

호검이 멋쩍게 웃자, 창훈은 곧 웃으며 이어 말했다.

"오, 그렇군요. 근데 사실 나이로 요리를 하는 건 아니니까, 나이는 상관없죠. 안 그렇습니까, 천 셰프님?"

"그럼요! 나이는 숫자에 불과하죠. 하하."

"그리고 나이는 어린데 다른 수제자분들보다 실력이 더 좋으시면 훨씬 주목도가 높아지죠. 게다가 아주 훈남이시네요. 이거, 덕분에 시청률 잘 나오겠는데요? 하하하."

"아휴, 별말씀을요. 감사합니다."

호검은 민망해하며 대답했고, 학수는 옆에서 흐뭇하게 웃었다.

곧 요리들이 나오고 본격적으로 음식을 먹으면서 대화가 이어졌다.

"저희 〈아린〉 음식은 처음 드셔보시는 거죠?"

"아뇨. 당연히 전에 몰래 와서 다 먹어봤죠. 섭외 연락 드리기 전에요. 사전 조사를 다 해서 그중에 뛰어나신 분들을 선발해서 섭외를 하거든요. 천 셰프님 솜씨야 워낙 유명하니까 그냥 섭외를 해도 됐지만, 그래도 확인 차, 아니, 사실 맛있는 중국 요리를 맛보고 싶어서 겸사겸사 와서 먹었습니다. 물론 굉장히 만족했고요."

"아, 그렇군요. 만족하셨다니 다행입니다."

"그런데, 제가 듣기로는 부주방장님이 수제자라고 하던데, 그럼 여기 호검 씨가 부주방장을 맡고 계신 건가요?"

창훈은 학수가 주방장을 맡고, 수제자가 부주방장을 맡고 있다고 들었는데, 그 자리에 두 명이 함께 다 와 있으니 음식은 누가 만들고 있는지 의아해서 물었다.

"아, 지금 부주방장을 따로 뽑았습니다. 그 요리 대결 프로그램에 나가면 저희 둘 다 자리를 비우게 될 수 있기도 하고, 다른 사정도 있고 해서요."

학수는 대충 얼버무리며 답했고, 창훈은 이해가 간다는 듯 고개를 끄덕였다.

"아, 그럼 프로그램 이야기를 본격적으로 할까요? 이번 프로그램 타이틀은 〈대결! 요리천하 ─ 중화요리편〉이고요. 방영 날짜는 6월 넷째 주 금요일, 그러니까 22일요. 밤 11시로 잡혔어요. 일주일에 한 번 녹화하고, 방영 전에 2회나 3회분 정도 미리 녹화를 해둘 거예요. 녹화는 5월 말이나 6월 초에 들어갈 거예요."

"아. 5월 말부터……."

학수와 호검은 연신 고개를 끄덕이며 창훈의 설명을 경청했다. 그러다 호검이 물었다.

"녹화는 무슨 요일에 하나요?"

"그건 아직 확정이 안 되었고요, 확정되면 알려 드릴게요."

"아, 네."

"그리고, 일단 〈대결! 요리천하〉의 기본 포맷은 제목처럼 요리 대결이고요, 다른 요리 대결과 차별점이 있다면 제자분들이 같이 나오셔서 한다는 점, 아, 제자분들끼리 개인적인 대결도 할 예정이에요."

"네? 스승님 개입 없이 제자들끼리만요?"

호검이 제자들끼리만의 대결이 있다는 얘기에 화들짝 놀라며 물었다.

"네, 스승 보조로만 하면 재미없잖아요. 하하하. 왜요, 좀 부담되세요?"

"음……."

호검은 솔직히 조금 부담스럽기도 하고 걱정도 되었지만, 그렇다고 솔직히 대답하기는 또 뭐해서 학수의 눈치를 힐끗 봤다. 그러자 학수가 호검 대신 대답을 했다.

"우리 호검이가 방송 출연은 처음이라 걱정이 되는가 봐요. 그래도 뭐, 생방송도 아니고 녹화방송인데 그렇게 떨 필요는 없겠죠?"

"그럼요. 괜찮아요. 방송도 별거 없어요. 그냥 하시던 대로 하시면 돼요. 아, 그런데… 앞에는 녹화방송인데, 마지막 파이널은 생방송이에요."

"네?"

이번엔 학수가 화들짝 놀라서 눈이 동그래졌다. 그러자, 이번에도 창훈은 별거 아니라는 듯 말했다.

"아이 뭐, 딱 한 번이에요."

"저도 사실 방송은 처음인데, 생방송은 뭔가 부담스럽긴 하네요……."

학수가 조금 걱정스럽게 말했다. 그러자 창훈은 걱정하지 말라면서 웃으며 말했다.

"이게 총 7주 녹화방송 후에 마지막 8주 차 파이널만 생방송인 거니까, 7주 녹화를 하면서 적응이 되실 거예요. 걱정 마세요. 하하하."

"그런데, 파이널이라면, 프로그램이 토너먼트식인가요?"

호검이 조심스럽게 끼어들어 물었다.

"음, 일단 초반 2회에는 전체 출연자들의 실력을 보여줘야 하니까, 스승들끼리만 대결 한 번, 제자들끼리 대결 한 번 해서 몸풀기식으로 하고요, 3회부터 꼴찌는 탈락하는 식으로 매주 한 팀씩 탈락시킬 거예요. 그래서 마지막 파이널에 세

팀을 남겨서 최후의 1등을 가릴 계획이고요. 이해되셨죠?"

"아, 네. 그럼 저희까지 총 몇 팀이 출연하나요?"

이번엔 학수가 물었다.

"총 6팀이요, 한 팀씩 떨어지다가, 7주 차에 패자부활전을 할 거예요. 그러고 나서 패자부활전에서 1등 한 팀을 포함해서 8주 차에 파이널을 하는 거죠. 6주 차에 남은 두 팀은 패자부활전 때 한 주 쉬시면 되고요."

"음, 요리는 그 주마다 무슨 주제가 있는 건가요?"

"네, 맞습니다. 한 주 녹화가 끝날 때 다음 주 주제를 알려 드릴 거예요. 그럼 재료를 각자 준비해서 녹화장으로 가져오시면 되고요."

창훈은 프로그램에 대한 대략적인 설명을 해주었고, 녹화 날짜가 정해지면 연락을 주겠다고 했다. 호검은 이렇게 피디까지 만났으니 프로그램에 출연하게 된 것이 더 실감이 났다. 게다가 수제자들끼리 따로 대결을 펼치기도 한다니, 그는 긴장이 되기도 했다.

그리고 수제자들끼리의 대결이라면 호검은 형일과도 대결하는 것이 된다.

"스승님, 그럼 전… 부주방장님과 대결하게 되겠죠?"

호검이 형일의 이야기를 조심스럽게 꺼냈다.

"그렇겠지. 형일이가 아주 눈에 불을 켜고 이기려고 할 거야. 승부욕도 굉장한 녀석이거든. 근데 신경 쓰지 마. 누구를 꼭 이겨야 한다 이렇게 생각하지 말고, 그냥 넌 최선을 다해서 요리를 만들기만 하면 돼. 결과는 어떻게 되든 신경 쓰지 말고 말이야."

"아, 네. 알겠습니다!"

호검은 학수가 그렇게 말해주자 한결 마음이 편해졌다.

그리고 얼마 후, 천학수의 프로그램 출연 소식은 형일의 귀에까지 들어갔다.

"어이, 부주. 들었어? 자네 옛 스승도 그 프로그램 나간다던데?"

형일이 아침에 출근을 하자마자, 주섭이 형일에게 대뜸 물었다.

"네? 설마요. 소문이겠죠. 원래 섭외 들어갔었다고 얘기 돌아서 그런 거 아니에요?"

형일은 학수가 그 프로그램에 출연을 안 한다고 해서 자신이 〈아린〉을 나오게 된 것인데, 학수가 그 프로그램에 나갈리 없다고 생각했다. 원래 학수는 방송 타는 것을 안 좋아하기도 하고 말이다.

"아니야. 진짜야. 김 피디한테 직접 들은 말이야. 5팀으로 하려던 거 천학수가 나온다고 해서 6팀으로 됐다고 연락 왔어."

"아니!! 그게 말이……!"

형일은 분노로 얼굴이 붉으락푸르락했다. 그는 주먹을 꽉 쥐고 부들부들 떨었다.

'뭔데! 날 무시하는 거야? 날 엿 먹이는 거야?'

자기가 그렇게 나가자고 할 땐 안 나간다더니 이제 와서 나온다고 하는 건 도대체 무슨 꿍꿍이인지 알 수가 없었다.

형일의 굳은 모습을 잠시 지켜보고 있던 주섭이 다시 입을 열었다.

"에이, 뭐. 걱정할 필요 있어? 부주가 천 셰프 레시피 거의 다 알잖아? 〈아린〉에서 부주방장까지 했는데, 그렇지?"

주섭은 형일이 학수의 제자였으니 그의 실력을 확실히 믿고 있었다.

"아, 네……. 그, 그렇죠."

형일은 억지로 미소를 지으며 대답했다. 당연히 형일은 진짜 천학수의 중요한 레시피들은 거의 몰랐지만 주섭에게는 일부러 아는 척을 한 것이다.

"좋아."

주섭은 싱긋 웃으며 주방을 나갔고, 형일은 다시 심각한 표정이 되었다.

'천 사장이 그 프로그램에 나온다면 제자는……. 내가 〈아린〉을 나왔으니까… 강호검 그 자식밖에 없는데?'

형일은 몹시 기분이 나빴지만, 조금 지나자 생각이 바뀌었다.

'아무리 강호검 걔가 천재적이어도 2달 만에 거기 나올 만한 실력이 될 리가 없지. 쳇. 나 없이 고생 좀 해봐라. 수제자끼리 대결도 있다고 했었지, 참? 그럼 그 자식을 내가 아주 묵사발을 내줘야지.'

형일은 속으로 그깟 애송이를 데리고 나온다는 학수를 비웃었고, 수제자 대결에서 본때를 보여주겠다고 다짐했다.

*   *   *

〈대결! 요리천하〉의 녹화가 2주 앞으로 다가왔다. 녹화는 매주 목요일로 정해졌고, 5월 마지막 주에 녹화가 시작된다고 했다.

오늘 학수는 호검에게 화공(火工)을 가르쳐 주고 있었다. 화공은 불을 다루는 기술을 말하는데, 중식요리사들은 도공(刀工), 즉 칼 다루는 기술 못지않게 화공도 뛰어나야 했다.

"넌 도공은 뭐 더 연습할 것도 없으니까, 화공 위주로 연습해. 아, 너 참, 신입 테스트 할 때 양손으로 웍 돌릴 수 있었지?"

학수가 호검에게 윅 돌리는 스냅을 보여주다가 멈칫하더니 물었다.

"네. 맞아요."

"음, 얼마나 연습한 거야?"

"원래 제가 어릴 적에 왼손잡이였거든요. 근데 고아원에서 왼손을 못 쓰게 해서 오른손잡이가 된 거죠. 그래서 그런지 그렇게 오래 연습하진 않았어요. 한 2주 정도 하니까 자유자재로 되더라고요."

호검의 말에 학수가 감탄했다.

"오, 역시! 그럼 원래 양손잡이로 타고난 거 같은데? 좋아, 흠… 근데 우리 1시간 안에 50인분 정도를 만들어야 한다고 했지?"

김 피디의 말로는 50명 정도가 시식하고 평가할 거라서 그 정도 양을 1시간 내에 만들어내야 한다고 했었다.

"네. 엄청 손이 빨라야 할 것 같아요."

"그럼, 이번에 시간이 부족할 수도 있으니까, 양손으로 윅 돌리기 연습을 좀 해 갈까?"

"스승님도요?"

"난 오른손잡이라 그건 못 해. 그래도 난 경력이 있으니까 빠르지. 넌 도공은 빠른데, 화공은 그리 빠르진 않잖아?"

맞는 지적이었다.

호검이 칼질은 오래 해서 학수에 뒤지지 않을 정도로 빠른데, 웍으로 볶아내는 것은 빠르지 않았다. 물론 불도 겁내지 않고 웍을 잘 흔들긴 했지만 말이다.

"네, 그리고 그 정도 많은 양을 만들어내려면 좀 나눠서 하는 게 더 골고루 잘 익을 것 같기도 하고요."

"그래, 그럼 우리 양을 좀 많이 해서 연습해 보자. 고추잡채로 연습해 볼까? 죽순, 양파, 피망이랑 돼지고기 가져와."

학수와 호검은 진짜 대결에서 만들 50인분 정도 양을 가늠해서 재료를 준비하기 시작했다.

다다다다닥.

타다다다닥.

도공은 둘 다 자신 있던 터라, 채소들이 50인분이라 엄청난 양이었음에도 순식간에 채가 썰렸다.

그들은 돼지고기도 가늘게 채를 썰어 준비한 다음, 모든 재료들이 준비되자, 학수가 웍을 더 꺼내 왔다. 둘은 총 3개의 웍에 재료들을 나눠 담고 화공 연습에 돌입했다. 호검은 양손으로 웍 2개를 동시에 흔들었고, 학수는 오른손으로, 대신 조금 많은 양을 넣고 볶아댔다.

양이 많다 보니 재료가 담긴 웍의 무게도 무겁고, 무게가 무거우니 웍을 흔드는 것도 꽤 힘이 들었다.

"이거 기껏해야 2, 3인분만 만들어봐서 그런지, 이거 꽤 팔

힘이 필요하네요."

"그렇지? 나도… 으윽."

학수가 갑자기 웍을 흔들던 손을 탁 놓아버렸다. 그 바람에 웍이 옆으로 기울어져 안의 채소들이 주변으로 후드득 떨어졌다.

"스승님!"

호검이 놀라서 소리쳤다.

"왜 그러세요? 괜찮으세요?"

학수는 벌게진 얼굴로 자신의 오른 손목을 왼손으로 부여잡고 있었다.

*   *   *

불현듯 호검은 예전에 학수가 요리하던 모습이 떠올랐다. 손목이 어딘가 불편해 보였던 그 모습.

"으……."

학수는 오른 손목을 왼손으로 부여 쥔 채 그대로 돌처럼 굳어 움직이지 않았다.

"스승님……!"

호검은 학수가 대답 없이 움직이지 않고 있자 자기도 걱정스러운 표정으로 가만히 그의 옆에 서 있었다.

잠시 후, 학수의 얼굴에서 붉은 기가 사라졌고, 학수가 천천히 오른 손목을 잡고 있던 왼손을 뗐다.

"후우."

학수가 참았던 숨을 뱉어내더니 천천히 오른 손목을 돌려보았다.

"괜찮으세요?"

호검이 다시 조심스럽게 물었다. 그러자 학수가 호검을 쳐다보고 고개를 끄덕이며 미소를 지었다.

"응. 괜찮아."

"정말 괜찮으세요? 손목 안 좋으신 거 아니에요?"

"그냥 잠깐 삐끗한 거야."

"음… 예전에도 조금 손목이 불편해 보이시긴 했었는데……."

학수는 호검의 말에 흠칫 놀라서 물었다.

"내가? 언제?"

"예전에 주방에서 전 부주방장님이랑 두 분이서 막 요리하실 때요, 그냥 제 느낌이었지만……."

호검의 말을 들은 학수는 갑자기 호검에게 잠시 주방 한쪽에 놓인 의자에 앉으라고 했다.

"네가 보았다니 솔직히 말하마. 뭐, 같이 프로그램도 해야 하니 네가 내 상태를 알고 있어야 할 것 같기도 하고 말이야."

호검은 왠지 안 좋은 이야기인 것 같아 긴장해서 학수를 빤히 쳐다보았다.

"내가 말이야, 사실 오른 손목이 안 좋아. 검사했더니 인대가 늘어났대. 이게 최소 한두 달은 오른손을 안 쓰고 둬야 나아질 거라는데 내가 그럴 수가 있어야 말이지. 그래서 주로 형일이한테 주방을 맡기고 난 가끔만 가서 일을 했던 거야. 근데 그래도 최근엔 좀 나아졌는데, 방금은 웍이 너무 무거웠나 봐."

"아……."

호검은 낮게 탄식했다. 이제 요리 대결 프로그램 녹화가 2주밖에 남지 않았는데, 학수의 손목이 안 좋다니… 이건 위기 상황이었다.

게다가 요리하는 양도 50인분 정도를 만들어야 하니까 웍은 무거울 수밖에 없을 테고.

호검은 난감했다.

"하아. 하필 이런 때에……."

학수도 속이 답답한지 한숨을 내쉬었다.

"음, 일단 스승님은 앞으로 2주간 웍 잡지 마세요. 2주 안 잡으신다고 몇십 년 실력이 사라지진 않을 테니까요. 그리고 제가 양손을 다 쓸 수 있으니까, 혹시라도 요리 대결 도중에 스승님 손목이 안 좋으시면 제가 다 만들게요. 저만 믿으세요!"

호검이 믿음직스럽게 말했다. 학수는 그런 호검이 든직하면서도 한편으로 그에게 미안했다.

"고맙고 미안하구나. 스승이 되어가지고, 손목이나 안 좋고 말이야. 아무튼, 네 말대로 난 대결 전에는 좀 자중해야겠어. 아, 근데 이건 우리 둘만 아는 비밀로 하자. 알겠지?"

"그럼요. 다른 사람들이 알면 안 되죠! 아, 그럼 스승님은 여기 앉아서 제가 하는 거 봐주세요."

"그래. 어디 양손 웍질 실력 좀 보자."

호검은 아까 볶던 채소들을 다시 볶기 시작했다. 그는 양손으로 같은 박자로 웍을 돌리기도 하고, 때론 오른손 왼손을 엇박자로 흔들기도 하면서 쌍웍질을 해댔다. 현란한 그의 쌍웍질에도 웍 안에 담긴 재료들은 단 하나도 웍 바깥으로 튀어나가지 않았다.

"오! 이거 뭐, 무슨 서커스 보는 것 같은데?"

웍을 흔들 때마다 불길도 일어나고 또 웍 안의 내용물도 튀어 올랐다가 다시 웍으로 담기니까 학수의 말처럼 정말 저글링을 보는 것 같기도 했다.

"아주 좋아! 네가 이렇게 두 손으로 웍을 돌리면 사람들이 다 주목하겠다! 속도만 좀 더 빨리 하면 더 좋을 것 같아."

"네! 알겠습니다!"

"그렇다고 너무 무리해서 연습하지는 말고, 그러다 나처럼 손목 인대 늘어나면 엄청 고생해."

학수는 호검이 양손으로 웍을 돌릴 줄 알아서 다행이었다.

'훗. 내가 이번 제자 하나는 참 잘 뽑았단 말이야.'

학수는 흐뭇한 미소를 지으며 호검을 지켜보았다.

＊   ＊   ＊

드디어 〈대결! 요리천하〉의 첫 녹화 날이 되었다.

녹화장에 오전 11시까지 가야 했는데, 호검은 〈아린〉으로 와서 학수와 함께 그의 차를 타고 가기로 했다. 호검이 〈아린〉에 도착하니, 학수가 홀에서 부주방장인 대영과 홀 매니저 예슬에게 당부를 하고 있었다.

"녹화를 좀 오래 한다고 하더라고. 그래서 아마 오늘 못 올 거야. 둘이 알아서 잘해. 황 매니저야 뭐 늘 하던 대로 하면 되고, 부주도 뭐, 그동안 잘해오고 있으니 오늘도 잘 부탁해."

"네, 사장님. 잘 다녀오십시오."

대영이 꾸벅 인사를 했고, 예슬은 호들갑을 떨며 응원을 했다.

"사장님! 파이팅이요! 여긴 제가 잘 맡고 있을 테니까, 꼭 이기고 오셔야 해요! 실력으로 다른 사람들 코를 납작하게 해주세요! 호호호."

학수는 예슬을 못 말린다는 듯 허허거리며 웃었다. 예슬도
웃으며 파이팅을 외치다가 호검이 들어온 것을 발견하고 호검
에게도 두 주먹을 불끈 쥐어 보이면서 말했다.

"어? 호검 씨! 호검 씨도 아자 아자 파이팅!"

"아, 네, 네. 하하하. 파이팅."

호검은 어색하게 한 손으로 주먹을 쥐어 보이며 예슬의 응
원에 화답했다.

그리고 그때, 주방 문틈으로 고개를 빼꼼 내밀고 그들의 모
습을 지켜보던 주방 식구들이 우르르 홀로 몰려나왔다. 그들
은 학수와 호검을 둘러싸고 외쳤다.

"사장님! 파이팅이요!"

"호검아, 파이팅!"

"두 분 다 잘하고 오세요!"

학수와 호검은 인사를 하며 알겠다고 했고, 현우는 호검과
하이파이브를 했다.

"잘하고 와!"

"네!"

"아, 나도 직접 구경 가고 싶다……. 진짜 재밌을 텐데!"

용식이 아쉬운 듯 말하자, 식사장이 그 틈에 얼른 학수에게
물었다.

"사장님! 만약에 파이널까지 가시면요……."

"어, 가면?"

"저기… 저희 목요일 쉬게 해주시면 안 돼요? 녹화 구경 가게요."

식사장이 조심스럽게 학수의 눈치를 보며 물었다. 그러자 예슬이 불쑥 끼어들어 말했다.

"근데, 파이널은 생방송이랬어요!"

"아, 그래요?"

"방송이 원래 금요일 밤 11시랬으니까, 일 끝나고 가볼 수 있지 않을까요?"

예슬이 이렇게 말하자, 주방 식구들은 신이 나서 소리쳤다.

"오! 대박! 가볼 수 있겠다!"

"저도 그땐 가볼 거예요. 그러니까 사장님 꼭 파이널 가셔야 해요? 아셨죠?"

"그런 거도 다 운이 따라줘야 하는 거야. 나도 몰라. 가면 가는 거고, 못 가면 뭐 못 가는 거지."

학수는 운에 맡긴다는 듯 담담히 말했다.

"그래요! 하지만 운명은 우리 사장님 편일 거예요! 호호호."

예슬은 뭐가 그렇게 신이 나는지 계속해서 싱글벙글거렸다.

그사이 재석은 호검에게 슬쩍 가서 말했다.

"잘하고 와. 넌 분명히 잘할 거야."

"고마워요, 형."

호검과 학수는 주방 식구들의 열렬한 응원을 받으며 방송국 녹화장으로 출발했다.

현우는 학수의 차가 떠나가는 모습을 보며 중얼거렸다.

"진짜 파이널 구경 가면 좋겠다……."

"그러게. 잘되길 바라야지. 자, 우린 이제 일하러 가자."

식사장은 다른 주방 식구들을 독려하며 다시 주방으로 데리고 들어갔다.

학수와 호검은 녹화장으로 가는 차 안에서 대화를 나눴다.

"스승님, 이번에 출연하는 분들 다 아시는 분들이에요?"

"한 명 빼고 이름은 다 들어봤어. 안면이 있는 사람은 두 사람이고, 〈팔선정〉의 안주섭 셰프님이랑, 서일주 셰프는 한번 만난 적 있어. 서일주 셰프는 너도 알지? 올푸드 요리쇼에서 중화요리쇼 했었잖아."

"네, 알아요. 다른 분들은 잘……."

"백성용 셰프도 몰라? 텔레비전에 좀 나오기 시작한 셰프인데."

"제가 텔레비전을 통 안 봐서요. 어제 인터넷으로 찾아서 얼굴은 봤어요."

"음, 근데 내가 봤을 땐 장경태 셰프랑 서일주 셰프가 그중에서 실력이 제일 좋을 거야. 내 예상은 그 두 셰프가 파이널에 진출할 거 같아."

학수는 그 두 셰프가 강력한 우승 후보라고 생각하는 것 같았다.

"아, 그렇군요. 그럼 유도정 셰프님은 모르시는 거예요?"

"그 사람 이름은 처음 들어봐."

학수는 고개를 갸웃거리며 말을 이었다.

"웬만해서는 내가 다 아는데 말이야."

호검도 어제 〈대결! 요리천하〉에 출연하는 다른 셰프들을 모두 찾아보았었다. 그런데 유도정 셰프에 대한 정보는 아무것도 없어서 궁금하던 차였는데, 학수도 모른다니 더더욱 그가 궁금해졌다.

'피디가 아는 사람으로 채워 넣은 건가? 흠……'

호검은 이런 방송 섭외에는 인맥도 작용한다고 알고 있었기에 유도정이 김 피디의 인맥이 아닐까 추측했다.

학수와 호검은 방송국으로 가는 길에 이런저런 얘기를 나누면서 긴장을 풀었고, 그러다 보니 금세 방송국에 도착했다.

학수와 호검은 준비해 온 재료들을 들고 녹화장으로 들어갔다.

학수와 호검이 녹화장으로 들어서자마자 김 피디가 한달음에 달려와 그들을 맞았다.

"아! 천 셰프님, 일찍 오셨네요!"

그러자 학수는 김 피디와 악수를 하며 말했다.

"김 피디님, 안녕하세요. 오늘 녹화 잘 부탁드립니다."

"아휴, 제가 잘 부탁드려야죠. 오늘 맛있는 요리 부탁드립니다. 아, 재료들은 일단 냉장고에 보관하셔야 하는 것들은 아예 세트장 냉장고에 넣어두세요. 천 셰프님 팀 자리는 저기 가운데 위쪽이에요."

김 피디의 말에 호검과 학수가 고개를 돌려 세트를 쳐다보았다.

세트는 마치 복층처럼 되어 있어서 아래층에서 세 팀, 위쪽에서 세 팀이 조리를 할 수 있도록 준비되어 있었다. 그리고 각 팀별로 냉장고와 조리대, 화구 등 필요한 조리 도구들이 세팅된 상태였다. 전체적인 세트의 색깔은 붉은색과 황금색으로 조화롭게 디자인해서 고급스러운 중화요리의 느낌이 물씬 풍겼다.

"오, 세트 멋지네요!"

호검이 실제로 처음 보는 방송국 세트에 눈이 휘둥그레져서 말했다.

"하하. 신경 좀 썼죠. 아, 일단 저기 재료들 가져다 놓으시고 다시 이쪽으로 오세요. 다른 셰프님들 다 오시면 오늘 녹화에 대해서 설명해 드릴게요. 참, 기본적인 양념이나 조리 도구들은 준비를 해놓긴 했는데, 혹시 뭐 더 필요하시거나 부족하시면 바로 말씀해 주세요. 녹화 전에 다 준비해 드릴게요."

"네. 감사합니다."

학수와 호검은 재료를 들고 김 피디가 말한 가운데 위쪽의 세트로 올라갔다. 호검은 가운데 위쪽 자리가 주목도가 높은 자리인 것 같아서 마음에 들었다.

둘은 그들의 자리에 재료들을 준비해 두었고, 각자 가지고 온 칼도 꺼내 조리대 위에 올려놓았다. 그러고 나서 그들은 세트에 준비된 조리 도구들과 기본양념들을 확인하고 동선도 확인했다.

"웍도 다 있고, 까오기도 있고, 기본 소스는 다 구비해 놓았네요."

호검이 확인을 다 하고는 화구 앞에 딱 서서 아래를 내려다보았다.

그는 뭔가 위쪽의 한가운데에 서 있으니 기분이 좋았다. 그리고 아래층의 조리대들도 한눈에 다 볼 수 있어서 요리 대결을 할 때 다른 팀들의 동향도 잘 보일 것 같았다.

"스승님, 여기서 아래층이 다 보이고 좋네요. 보세요."

"음, 그렇구나."

학수가 고개를 끄덕이며 아래층을 보다가 멀리 카메라와 스태프들이 있는 쪽을 쳐다보았다. 그러다 누군가와 눈이 딱 마주쳤다.

"형일이가 왔군."

학수가 중얼거렸다. 형일은 깔끔한 정장 차림에, 머리에는 왁스를 발라 올백으로 넘긴 모습이었다.

호검도 형일을 슬쩍 보고는 말했다.

"그러네요. 멋있게 입고 왔네요."

형일은 잠시 학수와 호검을 노려보더니 옆에 같이 온 박선 정에게 뭐라고 속삭였고, 박선정은 또 김 피디에게 뭐라고 말 하는 것 같았다. 그러자 김 피디가 학수 쪽을 한번 쳐다보고 는 선정에게 뭔가 설명을 했는데, 이번엔 그 옆에 있던 주섭까 지 학수와 호검을 손가락으로 가리키며 뭐라고 하는 것 같았 다.

'뭐지? 왜 우릴 가리키고 저래?'

호검은 그들이 자기와 학수를 보고 뭐라고 대화를 하는 것 같아 기분이 좋지 않았다.

"스승님, 이제 저기 내려가 보시죠. 우릴 보고 뭐라고 하는 것 같기도 한데……."

"그래, 가보자."

학수는 앞장서서 세트장 계단을 내려갔다.

*　　　　*　　　　*

가까이 가서 들어보니, 선정과 형일, 주섭은 김 피디에게 세트장 자리에 대해서 불만을 토로하고 있었다.

"아니, 그냥 임의로 자리를 주는 게 어디 있어요? 일부러 천 셰프를 가장 좋은 자리 준 거 아네요?"

"자리는 좋은 자리고 나쁜 자리고 없는데……. 카메라가 알아서 한 팀씩 클로즈업해 줄 거예요."

"그럼 저희를 가운데 자리로 바꿔주세요."

"이미 천 셰프님 팀은 재료도 다 넣으셨는데……. 오늘은 첫 녹화라서 그런 거고, 다음 녹화부터는 순위대로 고르게 해 드릴 거예요. 오늘만 그냥 하시면 안 될까요?"

"그럼 그 바로 아래 자리는요?"

김 피디는 그들을 설득해 보려고 했지만, 그들은 불공평하다면서 계속 투덜대고 있었다.

몇 발자국 떨어진 곳에서 그들의 이야기를 듣던 학수가 김 피디에게 가서 말했다.

"셰프들 다 오면 제비뽑기로 자리를 결정하죠, 그럼."

"아, 천 셰프님……! 괜찮으시겠어요?"

"그럼요. 저흰 상관없습니다."

김 피디가 난감해하던 차였는데 학수가 제비뽑기를 하자고 먼저 제안하자 고마워했다.

"제비뽑기로 하면 불만 없으시겠죠?"

"뭐, 네. 그러죠."

김 피디가 묻자, 〈팔선정〉팀은 떨떠름하게 대답했다. 그들은 다른 셰프들이 오기 전에 김 피디를 설득해서 가운데 자리로 옮기려고 한 것인데 제비뽑기로 하면 가운데 자리를 차지할 수 있을지 미지수였기 때문이다.

잠시 후, 다른 셰프들이 모두 도착했고, 김 피디는 항아리 같은 그릇에 제비를 만들어 왔다.

"자, 먼저 자리 뽑기 시작하겠습니다. 제비뽑기 순서는 어떻게 할까요?"

"먼저 뽑고 싶은 사람이 뽑으세요. 근데, 이거 우리 말고 수제자들이 뽑는 거 어때요?"

백성용이 다른 셰프들을 둘러보며 물었다.

"좋습니다. 수제자들한테 맡기죠."

서일주도 동의했고, 다른 셰프들도 다들 동의하는 듯 뒤로 물러섰다.

수제자들은 조금 부담스러운 눈치였지만, 스승들은 별 상관 없다면서 너무 부담 갖지 말라고 그들을 다독였다.

곧 수제자들은 항아리 속의 제비를 하나씩 뽑았고, 동시에 종이를 펼쳐 보았다.

형일은 종이를 펼쳐 보더니 활짝 웃었다.

"하하하. 아래쪽 가운데네요."

"오, 잘했어."

안주섭은 형일의 어깨를 두드렸다. 형일은 거만한 미소를 지으며 호검을 쳐다보았는데, 호검도 그에게 더 활짝 웃어주었다.

"스승님, 저희 자리 그대로예요. 하하하."

"역시 우리 호검인, 손으로 하는 건 다 잘해. 허허허."

학수가 만족스럽게 웃으며 말했다. 다른 수제자들은 사이드 쪽이라 스승들에게 조금 미안해했지만 스승들은 대수롭지 않게 여겼다.

김 피디는 학수도 자리가 그대로 나오고, 주섭과 형일도 원하던 가운데 자리가 나와서 안도했다.

"그럼 다들 재료를 각자의 냉장고에 넣어두시고 여기로 다시 모여주세요."

"네."

셰프들은 김 피디의 말대로 재료들을 가져다 놓고 다시 그의 주변으로 모였다. 그러자 김 피디가 오늘 촬영에 대한 설명을 시작했다.

"오늘은 첫 촬영이니까 몸 풀기 대결을 할 건데요. 스승님들만 혼자서 요리를 해주시면 돼요. 스승님들의 실력을 마음껏 발휘해서 가장 자신 있는 요리를 만들어주시는 거죠. 제자분들은 오늘은 특별히 하실 게 없어요. 그냥 소개하고, 스승님들을 응원하는 정도만 나올 거예요. 하지만 다음 주 두 번째 녹화에서는 수제자들끼리만 겨루게 될 테니까 너무 서운해 마시고요."

호검은 학수를 조금 걱정스러운 눈빛으로 쳐다보았다. 학수의 손목이 걱정되었던 것이다. 학수는 그런 호검의 마음을 읽었는지 괜찮다는 듯 옅은 미소를 띠어보였다.

"시식단은 일반인분들 40명, 연예인 6명, 요리 전문가 4명, 해서 총 50명이고요. 미리 말씀 드렸듯이 50인분을 만들어주시면 됩니다."

셰프들은 고개를 끄덕이며 김 피디의 설명을 계속해서 경청했다.

"아, 그리고 중화요리는 시각적으로도 중요하니까 멋진 모습 보여주시면 좋겠습니다. 여기서 멋진 모습이란, 그런 거 있잖아요. 불 화륵 올라오고, 칼질 다다다닥 하고 그런 거요. 우리 카메라맨들이 잘 캐치해서 잡아드릴 테니까 마음껏 보여주세요."

김 피디는 웍을 막 돌리는 시늉과 손으로 칼질하는 시늉을 해 보이면서 말했고, 그 모습에 셰프들은 피식 웃었다.

"그런 거야 뭐, 중식은 일부러 멋있게 안 하려고 해도 요리 과정에서 저절로 그렇게 되는 거죠. 안 그렇습니까, 여러분?"

백성용이 호탕하게 웃으며 이렇게 말하자, 다른 셰프들도 당연하다는 듯 고개를 끄덕였다.

"그렇겠죠? 기대하겠습니다. 하하하. 아, 처음 시작할 때는 아나운서 박중건 씨가 소개하고 호명하면, 저쪽 문 보이시죠? 저기 문 뒤에 계시다가 한 팀씩 등장해 주시면 돼요. 그런 부분은 리허설을 다 할 거고요. 요리만 리허설이 없이 바로 들어갈 겁니다. 질문 있으세요?"

"순위는 시식단이 평가해서 매겨지는 건가요?"

"네, 이번 첫 화와 다음 화는 1등을 가리는 거고요. 1등은 시식단의 표를 가장 많이 받은 팀이 선정됩니다. 시식단은 가장 맛있었던 요리 2가지를 골라서 투표하고요. 3화부터는 1등과 꼴찌를 발표하는데, 꼴찌는 탈락하게 되는 거죠."

"아하. 3화부터는 아주 살벌하겠네요."

백성용이 치를 떠는 모션을 해가며 말했고, 김 피디는 빙긋 웃었다.

"자, 그럼 또 질문 있으신 분?"

"우리 통성명도 좀 하고 그러는 게 좋지 않을까요? 라이벌이지만 그래도 서로 인사는 하고 그래야죠."

서일주 셰프가 손을 번쩍 들며 말했다.

"네, 조금 대기 시간 있으니까 지금 서로 인사도 나누시고 하세요. 참, 셰프님들, 먼저 오늘 요리 이름들 다 적어서 주세요."

김 피디는 셰프들에게 요리 이름이 적힌 종이들을 받아서 잠시 자리를 떴고, 셰프들은 서로 인사를 나누기 시작했다.

"각자 소개부터 할까요? 저부터 하겠습니다. 전 서일주고요, 로얄호텔에 〈연〉이라는 중식당에 셰프로 있습니다. 여기는 제 수제자 이영은입니다. 유일한 홍일점이네요."

"안녕하세요. 이영은입니다."

"여자분이 무거운 웍을 들고 중화요리를 하신다니 대단하시네요. 보기엔 되게 가냘퍼 보이시는데……."

"얘가 이래봬도 통뼈예요. 아주 잘합니다. 하하하."

장경태의 말에 서일주는 자신 있게 대답했다. 이어 장경태가 자기소개를 했는데, 그는 천학수처럼 오너 셰프이고, 그냥 작은 중식당을 한다면서 겸손하게 말했다. 그리고 그의 수제자인 고윤석도 굉장히 조용한 성격으로 보였다.

장경태의 소개가 끝나자, 안주섭이 불쑥 말했다.

"나는 안주섭인데, 내가 이 중에서 제일 연장자인 것 같군요. 우리 너무 기를 쓰고 하지 말고 살살 좀 합시다. 허허. 아, 여긴 내 수제자 김형일이오. 우리는 〈팔선정〉에 주방장과 부주방장을 맡고 있고."

안주섭은 어색하게 존댓말로 소개를 했다.

형일은 좋은 사람으로 보이고 싶은지 가식적인 미소를 띠고 아주 깍듯하게 다른 셰프들에게 인사를 했다. 물론 학수에게도.

백성용은 수제자로 데리고 나온 백구민이 자기 아들이라고 소개했다.

그리고 이어 유도정이 자기소개를 하려고 입을 열었는데, 뭔가 한국말이 서툴렀다.

"전 류도정입니다. 여긴 제 수제자이자 동생인 류광정입니다."

"와, 백성용 셰프님도 그렇고, 유도정 셰프님도 가족끼리 하시니까 좋겠어요."

서일주가 부럽다는 듯 말하고는 이어 물었다.

"그런데 유도정 셰프님은 오너 셰프세요?"

"제가 대신 말씀드릴게요. 형은 중국에서 오래 있어서 한국말이 서툴거든요. 전 한국에 좀 오래 있었고요. 한국에 들어온 지는 얼마 안 돼서 지금 저희 둘이 식당 개업 준비 중이고요."

"아, 어쩐지. 제가 웬만한 중식 셰프들은 다 아는데, 처음 봬서 궁금했어요."

서일주가 태연하게 대꾸했지만, 속으로는 그를 조금 경계했다.

서일주뿐만 아니라 다른 셰프들도 중국 본토에서 요리를 하다 온 데다, 관련 정보가 없는 그를 경계하지 않을 수 없었다.

드디어 마지막으로 천학수의 차례가 되었다.

"안녕하세요. 천학수입니다. 〈아린〉이라는 작은 중식당을 하고 있습니다."

"에이, 천 셰프님도 참. 〈아린〉이 어디 작습니까? 아주 맛집으로 이름을 날리고 계시잖습니까!"

백성용이 갑자기 끼어들어 말했다. 그는 천학수를 처음 보는 것인데도 거리낌 없이 편하게 막 말을 했다.

학수는 백성용의 말을 그저 허허 웃고 넘기고는 이어 호검을 소개했다.

"여기는 제 수제자 강호검이고요."

호검이 꾸벅 인사를 하는데 서일주가 오만상을 찌푸리고 있다가 갑자기 소리를 지르며 말했다.

"아! 생각났다, 생각났어! 내가 어디서 많이 봤다 했는데. 블랙탕수치킨! 칼질의 달인! 맞지?"

다른 셰프들은 서일주가 무슨 말을 하는 건지 몰라서 궁금한 듯한 눈빛으로 호검과 서일주를 번갈아 쳐다보았다. 호검은 처음에 서일주가 자신을 못 알아보는 것 같아서 안도하고 있었는데, 갑자기 자기를 알아보자 당황했다.

"어, 어. 맞, 맞습니다."

"이야, 천 셰프 제자였구만? 그러니까 그렇게 칼질을 잘하지. 영은아, 여기 강호검, 칼질 장난 아니야. 요리도 잘하고 말이야. 경계 대상 1호다. 알겠지?"

"네."

영은은 호검을 힐끗 쳐다보았다. 하지만 형일을 비롯한 다른 수제자들은 강렬한 눈빛으로 호검을 쳐다보았다.

'에이, 괜히 경계심만 높였네. 서 셰프님은 모르는 척 좀 해주시지……'

호검은 조금 난감한 표정을 지었지만, 학수는 빙긋 웃으며 호검에게 속삭였다.

"어차피 금방 알게 될 일이야. 너 칼질 잘하는 거 말이야. 신경 쓰지 마."

서로의 통성명이 끝나고, 잠깐의 리허설 후 드디어 진짜 첫 녹화가 시작되었다.

아나운서 박중건은 여섯 명의 셰프들과 그들의 제자를 소개한 다음 한쪽에 마련된 의자에 앉게 하고는 이런저런 질문을 하며 분위기를 편안하게 만들어 나갔다. 그리고 어느 정도 분위기가 무르익자, 드디어 박중건이 셰프들을 조리대로 불렀다.

"자, 이제 요리 대결을 시작해 볼까요? 대결 시간은 60분입니다. 수제자분들은 스승님들께 응원 한 마디씩 해주시죠!"

호검을 포함한 수제자들은 각자 짧은 응원 멘트를 했고, 셰프들은 곧 방청객들의 박수 소리와 함께 요리에 돌입했다.

여섯 명의 셰프들은 역시 대가들답게 현란한 불쇼와 칼질 쇼를 보여주며 요리를 만들어 나갔다. 제자들은 스승들이 하는 모습을 긴장해서 지켜보았다.

방청객들은 고개를 이리저리 돌리며 구경을 하느라 바빴다. 게다가 음식 냄새가 진동을 하니 침이 꼴깍꼴깍 넘어가는지 계속 입맛을 다시고 있었다.

유도정을 뺀 나머지 셰프들은 거의 한국인의 입맛에 잘 맞는 음식들을 준비한 것 같았다. 그리고 각자의 성격이 드러나는 것 같기도 했다.

쾌활한 백성용은 거침없이 오징어, 해삼, 새우, 소라, 닭고기, 표고버섯, 양송이버섯, 죽순을 크게 툭툭 잘라서 사천식 팔보채를 만들었다.

진중하고 차분해 보이는 장경태는 50개의 그릇 하나하나에 진귀한 재료들을 차곡차곡 담아서 불도장을 만들었고, 가장 연장자인 안주섭은 자신이 좋아하는 구수한 해물누룽지탕을 만들었다.

자신감 넘치는 서일주는 자신이 개발한 메뉴인 양파완자튀김을 만들었는데, 양파를 링 모양으로 잘라 그 사이에 새우와 돼지고기, 파 등을 넣어 튀긴 다음 자신이 만든 특제 소스를 뿌린 요리였다.

천학수의 가장 자신 있는 요리는 바로 춘빙이었는데, 〈아린〉에서 만든 춘빙과 다른 점이 있다면 돼지고기 대신 오리고기로 춘장고기볶음을 만들었다는 점이었다.

반면 유도정은 한국 사람들이 잘 알지 못하는 룽징샤런[龙井虾仁]이라는 룽징차의 찻잎과 즙으로 양념한 새우살 볶음을 만들었다.

순식간에 60분이 지나고 시식단이 기다리고 기다리던 시식 시간이 되었다.

"후우."

셰프들은 요리를 60분 내에 완성했다는 안도감에 크게 숨을 내쉬었다.

하지만 아직 더 긴장되는 순간인 시식과 투표가 남아 있었다.

아나운서 박중건을 포함한 연예인 시식단은 여섯 가지 요리에 다 칭찬을 쏟아냈고, 전문가들과 일반인들도 마찬가지였다.

'아, 이거 진짜 다 맛있는 거야? 아님 원래 방송이 이런가?'

호검은 시식단이 모두 한결같이 여섯 가지 요리가 모두 맛있다고 하니 갈피를 잡을 수가 없었다.

'투표해서 나온 거 보면 알겠지. 설마 다 똑같은 표가 나오고 그러진 않을 거야.'

시식이 끝나고 투표까지 끝났다. 그리고 이제 결과 발표만이 남았다.

"자, 이제 1등을 발표하도록 하겠습니다. 이건 그냥 진짜 요리 대결 전에 여러 셰프님들의 실력을 보여주기 위한 소개 요리니까 등수에 연연하지 않으셔도 됩니다. 자, 그럼 발표하겠습니다! 이번 첫 대결의 우승자는……."

여섯 명의 셰프와 여섯 명의 제자들은 모두 긴장된 상태로 아나운서 박중건의 입에 주목했다.

3. 수제자 VS 수제자I

"우승자는 천학수 셰프님이십니다! 축하드립니다."

학수는 태연한 표정으로 방청객들을 향해 인사를 했고 호검은 제자들이 따로 모여 앉은 자리에서 벌떡 일어나 박수를 쳤다.

'역시 그럼 그렇지! 저게 어떤 춘빙인데!'

오리 춘빙은 학수의 원래 춘빙 레시피에서 호검의 소스를 곁들인, 학수와 호검의 합작품이었다.

다른 제자들은 아쉬웠지만, 겉으로는 별 티를 내지 않고 학수에게 축하 박수를 보냈다.

박중건은 이어서 학수에게 다가와 소감 인터뷰를 했다.

"축하드립니다, 천 셰프님. 저도 먹어봤는데 오리 춘빙 정말 맛있더라고요. 특히 춘장 맛과 춘빙을 찍어 먹는 소스가 특이하던데, 그건 둘 다 직접 개발하신 건가요?"

"네. 특제 춘장은 제가 개발한 것입니다. 음, 원래 특제 춘장 소스를 사용한 춘빙은 제가 경영하는 식당에서 가끔 특선 메뉴로 내놓곤 했습니다. 그때 내놓는 특선 메뉴와 다른 점은 돼지고기 대신 오리고기를 사용했다는 점과 여기 이 찍어 먹는 소스가 추가되었다는 점이죠. 이 소스는 바로 제 수제자인 호검이가 개발한 것입니다."

"오! 저기 제자분이요?"

아나운서 박중건이 고개를 휙 돌려 호검을 바라보자, 이어 카메라가 호검의 모습을 비추었다.

방청석에서도 탄성이 터져 나오며 호검에게로 시선이 쏟아졌다. 조금 당황한 호검이 어색하게 웃으며 살짝 묵례를 했고, 형일은 그 모습에 인상을 찌푸렸다.

'쳇, 저까짓 소스가 뭐 얼마나 대단하다고.'

하지만 다른 수제자들 대부분은 부러운 눈빛으로 호검을 응시하고 있었다.

"제자분들 중에 가장 나이가 어리신데, 실력이 대단하신가 보네요. 다음 주에 있을 수제자 대결이 굉장히 기대되는데요?

하하하."

박중건은 은근슬쩍 다음 주 대결에 대한 사람들의 관심을 유도했고, 김 피디는 그런 그의 모습에 매우 만족스러워했다.

"그럼 〈대결! 요리천하〉는 다음 주에 뵙겠습니다."

박중건의 마무리 멘트로 첫 녹화가 무사히 끝났다. 녹화가 끝나자마자 호검은 학수에게 다가가 슬쩍 물었다.

"괜찮으신 거죠?"

"응, 그럼."

학수는 이를 드러내며 웃어 보였다.

호검은 학수가 요리하는 내내 그의 손목이 걱정이 되었다. 매의 눈을 가진 호검이 보기에는 그의 손목이 조금 불편해 보였기 때문이다. 학수는 사실 호검의 눈이 본대로 조금 손목이 아프긴 했었는데, 1등을 하고 나니 기분이 좋아서 아픈 것이 싹 나은 것 같았다.

"다행이네요."

"이제 다음 주는 네 차례야. 알지?"

"네!"

호검과 학수가 세트에 준비해 두었던 물품들을 다시 챙기기 시작했다. 다른 셰프들도 각자의 자리에서 정리를 하고 있는데 김 피디가 오더니 당부했다.

"오늘 대결 결과는 최대한 비밀로 해주세요. 방송될 때 알게 되어야지, 결과를 다 알고 나면 재미없잖아요? 아시겠죠?"

"네."

"오늘 수고 많으셨고요, 지금 셰프님들은 개인 인터뷰 잠깐씩 할게요. 이쪽으로 와주세요. 아, 그리고 수제자분들은 다음 주에 개인적으로 인터뷰를 진행할게요. 미리 말씀드려 놓는 거예요."

여섯 명의 셰프는 오늘 대결의 소감과 앞으로의 포부 등에 대해 간단히 인터뷰를 했고, 제자들은 남아서 짐을 챙겼다.

그런데 형일이 호검에게 다가오더니 조용히 속삭였다.

"실력 좀 많이 늘었냐?"

깐죽대는 말투에 호검은 기분이 나빴지만, 쓴웃음을 지으며 대답했다.

"겨우 두 달인데요. 그냥 전 스승님 따라 나온 거뿐이에요."

"그렇겠지. 다음 주엔 내가 1등할 테니까 기대해."

형일은 자신만만하게 말하고는 다시 자기 자리로 돌아갔다.

'길고 짧은 건 대봐야 아는 거지. 일부러 나 기죽이려고 그러나 본데. 난 기 하나도 안 죽어.'

호검은 형일이 그러든지 말든지 묵묵히 짐을 정리했다.

학수와 호검이 첫 녹화를 마치고 〈아린〉으로 돌아오자, 아니나 다를까, 예슬이 뛰어나와 질문을 쏟아내기 시작했다.

"어떻게 됐어요? 녹화는 어떻게 해요? 1등은 하신 거예요? 부주방장님도 오셨죠?"

"그렇게 한꺼번에 물으면 어떻게 대답을 해?"

학수가 허허 웃으며 되물었다. 그는 1등을 해서 기분이 계속 좋은 상태라 예슬의 정신없는 물음에도 웃음이 났다.

"일단 그럼 1등 하셨어요?"

"아니."

학수는 표정 하나 안 바뀌고 능숙하게 거짓말을 했다. 예슬은 실망한 듯하더니 곧 다시 물었다.

"힝. 그럼 누가 1등 했어요?"

"몰라."

"잉? 왜 모르세요? 오늘 1등 안 뽑았어요?"

학수는 궁금해서 안달이 난 예슬에게 빙긋 웃어 보이고는 곧장 사장실로 가버렸다.

"아니, 사장님! 사장님! 안 가르쳐 주실 거예요?"

예슬은 학수의 뒤에다 대고 소리를 치다가 얼른 호검을 붙들고 다시 물었다.

"어떻게 된 거야?"

"결과는 비밀이래요. 방송을 통해 확인하도록 전하라고 김 피디님이 그러셨어요."

"아… 그래도 나한테만 좀 알려주면 안 될까?"

예슬이 조르듯 말했지만, 호검은 학수처럼 빙긋 웃더니 말했다.

"저도 그럼 가볼게요."

"에이, 그럼 궁금해서 나 오늘 잠 못 잔단 말이야! 진짜 나만 알고 있을게, 응?"

"그럼 1등 아닌 걸로 알고 계세요. 저 진짜 가요."

호검은 예슬에게 손을 흔들었고, 예슬은 입을 삐죽 내밀었다.

*   *   *

첫 녹화 이후, 일주일간 수제자들은 수제자 대결 준비를 하느라 매우 바쁜 나날을 보냈다. 물론 그들의 스승들도 마찬가지였다. 안주섭만 빼고.

"내가 뭐 도와줄 거 있으면 말해."

안주섭은 그래도 같이 나가는 거니까 형일에게 도움을 줄 게 있으면 물어보라고 했다. 하지만 형일은 안주섭에게 별다른 질문을 하지 않았다. 그는 자존심이 세서 남에게 무슨 부탁을 잘하는 성격이 아니었다. 게다가 혼자 준비해서 1등을 해야 자신이 오롯이 주목을 받을 수 있을 테니 더욱 묻지 않았다.

"아니에요. 저 혼자 준비해도 충분합니다."

"뭐, 그럼 그러든지."

형일은 대신 사장인 박선정에게 따로 부탁해서 일주일만 일하는 시간을 조금 빼달라고 했고, 선정은 흔쾌히 허락했다. 형일은 일주일간 조금 일찍 퇴근해서 자신만의 요리를 혼자 연습했다.

'우리나라 사람들은 튀긴 닭을 가장 좋아하지. 깐풍기를 만들까? 너무 쉬운가? 흠……'

형일은 녹화가 있기 전날까지 메뉴를 선정하지 못하고 우왕좌왕하다가 결국 마지막에는 맛이 보장된 안전한 요리를 만들기로 했다.

'그래, 천 사장 레시피가 그래도 가장 맛있지. 그걸 만들면 이길 수 있어.'

호검은 학수에게 많은 도움을 받고 있었다. 학수는 호검이 만들 메뉴도 함께 의논해 주었다.

"이번엔 튀김 요리를 해. 사실, 뭐든 튀기면 맛있잖아. 생선으로 탕수육 만들까? 도미로 말이야."

"탕수 도미 말씀이세요?"

"아니, 그건 도미를 통째로 튀긴 다음에 소스를 끼얹는 거잖아. 그거 말고 생선포를 떠서 튀긴 다음에 탕수육처럼 만들자는 거지. 음, 약간 국화생선같이? 아, 국화생선 할까?"

학수는 최대한 사람들의 입맛을 사로잡을 수 있는 메뉴로 선정해 주려고 노력하고 있었다.

"음, 국화생선도 괜찮네요. 근데 탕수육은 분명히 만드는 사람 있을 것 같아요."

"그런가……? 흠, 다들 그렇게 생각해서 아무도 안 만드는 거 아냐?"

"또 그렇게 생각하니까 모르겠네요. 하긴, 생선으로 만든 탕수육은 고기로 만든 탕수육이랑 다르긴 하죠."

"메뉴 정하는 것도 참 어렵구만. 저번 대결은 그냥 내가 가장 자신 있는 걸 해서 메뉴 선정이 쉬웠는데. 아, 호검아, 네가 가장 자신 있는 요리는 뭐야?"

학수가 호검에게 대뜸 물었다. 호검은 조금 생각하는 듯하더니 머리를 긁적이며 대답했다.

"으음. 잘 모르겠어요. 특별히 어려운 요리도 없고, 특별히 쉬운 요리도 없는데……. 스승님은 제가 한 요리 중에 뭐가 가장 맛있으셨어요?"

"음, 너야 뭐 다 잘하니까. 잘하는 게 많아도 고민이네. 우리 주방 식구들한테 골라달라고 할까? 네가 후보 요리 몇 개를 해서 주방 식구들한테 먹어보고 제일 맛있는 걸 고르라고 하는 거지. 어때?"

"오, 괜찮은 방법 같아요. 그럼 무엇 무엇을 만들어서 맛보여 줄까요?"

"음, 튀김 요리 2개랑 볶음 요리 1개 골라서… 아!"

학수가 말을 하다 말고 갑자기 무언가 생각난 듯 탄성을 질렀다.

"아! 생각났어. 너 이거 해. 이거 만들면 무조건 이길 거야! 하하하."

학수는 호검에게 한 가지 메뉴를 추천했고, 호검도 그의 의견에 동의했다.

*   *   *

드디어, 수제자들의 결전의 날이 되었다.

수제자들은 녹화장에 도착하자마자 차례로 따로 마련된 세트에서 개인 인터뷰를 했다. 호검은 형일의 다음 차례여서 그의 인터뷰를 슬쩍 들을 수 있었다.

"오늘 우승할 자신 있으세요?"

"아휴, 워낙 쟁쟁한 분들이셔서 해봐야 알 것 같습니다."

형일은 괜히 겸손한 척했다.

"안주섭 셰프님은 어떤 스승이신가요?"

"정말 좋은 분이시죠. 제가 정말 존경하는 스승님이시고요. 잘 가르쳐 주십니다."

형일은 입에 침도 안 바르고 거짓말을 잘했다.

김 피디는 몇 가지를 더 질문했고, 약 5분간의 짧은 인터뷰는 끝이 났다. 그리고 형일이 나가려고 자리에서 일어서는데, 김 피디가 슬쩍 물었다.

"형일 씨, 개인적인 질문 하나 해도 될까요?"

"네, 물론입니다."

형일은 인자한 미소로 대꾸했다.

"음, 실례가 될지도 모르지만, 제가 듣기로 원래 천 셰프님 제자셨다고 하던데……. 사실인가요?"

형일의 얼굴에 당황한 빛이 역력했다. 그리고 자신이 천 셰프의 제자라고 좀 떠들고 다닌 편이라 갑자기 후회가 되었다.

"음, 그게… 뭐, 그렇습니다만."

형일이 곤란해 하는 눈치자, 김 피디가 얼른 다시 말했다.

"아, 물론 이건 알려지면 별로 좋을 건 없는 얘기죠. 저도 알고 있습니다. 그냥 개인적인 궁금증입니다. 왜 안주섭 셰프님 제자로 들어가시게 된 건가요?"

"아, 천 셰프님과 추구하는 바가 조금 달라서 그렇게 됐습니다. 그리고 거의 다 배웠거든요. 뭐, 안 좋게 헤어지고 그런 건 아닙니다. 그냥 서로를 위해서 라고 해두죠."

"아하. 네, 알겠습니다. 그럼 이기고 싶진 않으세요?"

김 피디가 슬쩍 떠보듯 물었다. 김 피디는 은근히 속으로 천학수와 안주섭의 대결 구도가 되면 재미있지 않을까 생각하는 것 같았다.

"전 최선을 다해서 저희 스승님을 도와드리려는 거지, 승부에 그렇게 연연하지는 않습니다. 하하하."

형일은 김 피디의 질문을 잘 빠져나갔고, 김 피디는 웃으며 대화를 마무리했다.

"아, 네. 오늘 멋진 모습 기대하겠습니다."

"네, 감사합니다."

호검은 밖에서 둘의 대화를 다 듣고 있었지만, 형일이 나올 때는 모르는 척하고 있었다.

호검이 들어가자, 김 피디가 질문을 시작했다.

"천 셰프님께 배우신 지는 얼마나 되셨어요?"

"올해 초부터 배웠습니다."

"아, 그래도 배운 기간이 짧은 것에 비해 실력이 좋으시다고 천 셰프님도 아주 칭찬을 하시던데요?"

"천 셰프님이 워낙 잘 가르쳐 주셔서…… 하하하."

김 피디는 기본적인 인터뷰 외에도 몇 가지를 더 질문하면서 뭔가 이슈가 될 만한 꺼리를 찾고 있는 것 같았다. 이슈가 되어야 프로그램이 잘 나갈 테니까 말이다.

모든 수제자들의 인터뷰가 끝나고 이제 본격적인 녹화가 시작되었다.

수제자들은 다들 조금 긴장한 채 각자의 조리대로 이동했다. 학수가 저번 주에 1등을 했기에 자리를 학수 팀이 정해줄 수 있었는데, 학수는 그대로 2층 가운데 자리를 고수하겠다고 했고, 나머지 사람들은 제비뽑기를 하라고 했다. 그래서 원래 안주섭 팀이 있던 아래쪽 가운데 자리를 백성용 팀이 차지하게 되었고, 안주섭 팀은 호검의 오른쪽 자리를 뽑아서 형일은 호검과 나란히 바로 옆 조리대에서 요리를 하게 되었다.

스승들은 저번 주에 제자들이 앉아 있던 자리에 앉아 있었는데, 아나운서 박중건은 스승들의 인터뷰를 진행하고 나서 곧 제자들의 대결 시작을 알렸다.

"자, 수제자분들 요리를 시작해 주세요!"

형일과 호검은 서로를 한번 휙 쳐다보고는 요리에 돌입했다. 형일은 계란부터 깨기 시작했고, 호검은 밀가루 반죽을 하기 시작했다.

*　　　*　　　*

호검은 형일이 계란부터 깨는 모습을 힐끔 보고는 떨떠름한 표정을 지었다.

'요리 이름 듣고 설마 했는데, 정말 스승님 레시피로 만드는 건가 보네, 흠.'

그때, 박중건이 형일을 호명하며 질문을 했다.

"김형일 셰프님! 셰프님은 홍소두부를 만든다고 하지 않으셨나요?"

홍소두부란 노릇하게 튀긴 두부를 졸인 간장 소스에 버무린 요리라서 계란이 들어갈 일이 없었다. 그런데 형일이 계란부터 깨고 있자 박중건은 의아했던 것이다.

박중건의 질문에 방청객과 연예인 패널, 전문가 패널들의 시선이 모두 형일에게 쏠렸다. 그리고 카메라도 형일을 단독 샷으로 잡았다. 형일은 첫 질문을 자신이 받아서 한껏 기분이 좋아졌다. 그는 함박웃음을 지으면서 말했다.

"아, 계란으로 두부를 만들려고 합니다."

"계란으로 두부를요?"

중건이 눈이 동그래져서 물었고, 방청석은 술렁거렸다.

"네! 계란에 두유를 부어서 계란두부를 만든 다음 그 두부로 홍소두부를 만들 겁니다."

"오호! 신기하네요. 계란두부 맛이 어떨지 정말 궁금해요. 안 그렇습니까, 여러분?"

중건이 방청객들을 향해 말하자, 방청객들은 환호성을 지르며 대답했다.

"네!"

형일은 기쁜 표정을 숨길 수가 없었다. 그는 방청객들이 다 자신을 주시하고 있다는 생각에 일부러 멋진 척하며 양손에 각각 계란 두 개씩을 쥐고 한 번에 깨는 묘기를 보여주었다. 그러자 방청객들은 더 환호했고, 형일은 매우 의기양양한 표정을 짓더니 천학수를 쳐다보았다.

학수는 그저 뚱한 얼굴로 스승들이 모여 있는 자리에 앉아 있었는데, 형일과 눈이 마주치자 고개를 가로저었다.

'쯧쯧. 요리사는 자신의 요리가 주목받는 걸 좋아해야지, 저렇게 자신이 주목받는 걸 즐기면 안 된다고 내가 그렇게 얘기를 했는데도……. 겸손이라고는 찾아볼 수가 없는 녀석이야. 근데, 저거 형일이가 맛을 제대로 낸 적이 없었는데…….'

사실 형일은 홍소두부 레시피를 알고는 있었지만, 학수 밑에서 배울 때 학수의 홍소두부와 같은 맛을 만들어내진 못했었다. 특히 간장에 불맛을 내는 과정에서 뭔가 맛이 달라졌었다.

학수는 형일이 신이 나서 계란을 깨고 있는 모습을 보며 이런 생각을 하다가 바로 옆의 호검에게로 시선을 옮겼다.

'음, 역시, 잘하고 있네.'

학수가 흐뭇한 미소를 짓는데 마침 중건도 호검을 보고는 질문을 던졌다.

"강호검 셰프님! 그 밀가루 반죽은… 설마 지금 직접 빵을 만드시는 건가요?"

"네, 맞습니다! 중국 전통 빵인 만터우를 직접 만들어서 멘보샤를 만들 생각입니다."

학수가 호검에게 수제자전에 하라고 한 요리는 바로 이 멘보샤였다. 호검이 만든 멘보샤는 주방 식구들이 모두 호평을 한 요리이기도 했고, 학수 또한 굉장히 맛있게 잘 만들었다고 동의했던 요리였다.

또한 웬만한 사람들이 다들 좋아하는 튀김 요리이기도 했기 때문에 학수는 호검에게 멘보샤를 만들라고 한 것이다.

"멘보샤라면 빵 사이에 새우 다진 것을 넣어서 튀긴 요리, 맞죠?"

"네, 맞습니다. 고소하고 바삭한 맛의 진수를 보여 드리겠습니다."

호검이 자신 있게 말했고, 방청객들은 말만 들어도 군침이 도는지 여기저기서 침을 꿀꺽 삼켰다.

형일은 계란을 깨고, 호검은 밀가루 반죽을 하고 있는 동안 다른 수제자들은 대부분 칼질에 분주해 있었다. 백성용의 아들이자 수제자인 백구민은 가지를 손가락만 한 크기로 계속해서 자르고 있었는데, 그는 어향가지를 만들려는 것이었다.

어향가지는 가지를 튀겨서 어향소스에 버무린 요리였는데, 어향소스는 두반장, 굴소스, 설탕, 식초 등이 들어가서 매콤,

새콤, 달콤한 맛이 나는 소스였다. 어향가지 요리는 가지를 얼마나 느끼하지 않게 잘 튀기느냐와 어향소스의 맛을 얼마나 잘 내느냐가 관건이었다.

"백구민 셰프님! 가지가 주재료인데, 고기나 해산물 요리에 밀리지 않겠습니까?"

"맛을 보시면 절대 그렇지 않다는 걸 아실 겁니다! 가지에서 고기 맛이 날지도 몰라요! 그리고 사실 돼지고기가 조금 들어가긴 합니다. 으흠, 조금요."

"아, 그렇군요. 그럼 고기 맛 나는 가지, 기대하겠습니다. 저도 고기 좋아하거든요. 하하하."

수제자들은 모두 자신감을 보이고 있었다.

호검은 만터우를 다 만들어서 찜기에 넣은 다음 곧바로 새우를 다지기 시작했다. 그가 양손으로 중식도를 두 개 잡고 새우를 다지기 시작하자, 경쾌한 말발굽 소리가 녹화장에 울려 퍼졌다. 방청객들은 그 소리에 박자를 맞춰 고개를 끄덕이며 호검을 쳐다보았다.

"오! 강호검 셰프님이 새우를 쌍칼 신공으로 다지고 계십니다! 이렇게 정확한 박자의 말발굽 소리가 나야지 진정한 고수라는 말을 들은 적이 있는 것 같은데요. 정말 여기서 말이 뛰어다니는 것 같네요."

중건의 말에 호검은 살짝 고개를 들어 잠깐 미소를 지어 보였고, 이어 계속해서 새우를 다졌다.

"참, 그런데 오늘 수제자분들은 칼질 소리가 별로 안 들리는 요리들만 하고 계시네요?"

중건이 다른 수제자들을 휙 둘러보며 말했다.

중건의 말대로 수제자들은 오늘 칼질이 많이 들어가는 요리보다는 요리 과정이나 맛을 내는 것에 더 집중한 요리들을 하고 있었다.

서일주의 수제자인 홍일점 이영은은 닭다리 살로 만드는 유린기를 만들었기에 양상추와 닭다리 살만 자르면 되었다.

장경태의 수제자 고윤석은 해삼, 전복, 갑오징어 등이 들어가는 전가복을 만들긴 했으나 채 써는 것이 아닌 적당한 크기로 잘라 요리하는 것이라 도마와 칼이 부딪치는 소리는 잘들리지 않았다.

중국에서 온 유도정의 동생이자 수제자인 유광정은 돼지고기를 가늘게 채 썰어 국수와 함께 볶아 먹는 로우쓰차오몐[肉丝炒面]을 만들고 있었지만, 이것도 돼지고기를 채 써는 것이라 빠른 속도의 칼질은 보기 힘들었다.

수제자들은 어쩌다 보니 이렇게 하나같이 칼질이 별로 돋보이지 않는 요리들을 하고 있었는데, 그나마 호검이라도 다그닥거리는 소리를 내주어서 다행이었는지 중건은 계속해서 호검에게 주목해서 말했다.

"강호검 셰프님! 듣자하니 칼질의 달인이시라던데요? 오늘 다그닥거리는 쌍칼 다지기만 보여주시는 건가요?"

"아하하, 오늘은 그렇습니다."

호검이 멋쩍은 웃음을 지으며 대답했다. 그러자 중건이 갑자기 방청객들을 향해 말했다.

"여러분, 아십니까? 여기 강호검 셰프님이 작년 말에 있었던 올푸드 요리쇼에서 칼질미션쇼 1등을 하셨었답니다!"

"와!"

방청객들은 환호하며 호검에게 더욱 관심을 보였다.

"칼질 좀 보여주세요!"

"보고 싶어요!"

중건은 방청객들을 진정시키더니 앞으로 계속 관심을 가지고 봐달라는 의도로 호검에게 물었다.

"강 셰프님, 그 멋진 칼질은 곧 볼 수 있겠죠?"

"그럼요. 보실 수 있을 겁니다."

"여러분, 우리 〈대결! 요리천하〉 계속 많이 시청해 주세요! 아시겠죠? 앞으로도 계속 굉장한 칼질과……."

그런데 그때, 갑자기 다다다닥 칼질 소리가 들려왔다.

"엇! 들립니다! 칼질 소리!"

호검이 고개를 돌려보니 형일이 빠른 속도로 칼질을 하고 있었다. 그는 계란과 두유를 섞은 것을 찜기에 넣어놓고 이제 채소를 채 썰기 시작했던 것이다.

"와우! 드디어 김형일 셰프님이 칼질을 시작하셨습니다!"

형일도 중식 요리사이니 당연히 칼질은 빠른 편이었다. 사람들은 다시 형일에게 시선을 옮겼고, 형일은 이번엔 중식도를 마치 연필 돌리기를 하듯 한 손으로 휘리릭 돌려보였다.

"오, 이건 가정에서 섣불리 따라 하시면 안 됩니다! 아래 위험 자막 넣어주세요."

중건은 농담조로 말했고, 방청객들은 웃음을 터뜨렸다. 방청객들이 형일에게 막 주목해서 그의 칼질을 보고 있는데, 그때 아래층에서 자글자글하고 기름에 재료가 튀겨지는 소리가 들려왔다. 아래층의 이영은과 백구민이 동시에 튀김을 시작한 것이다.

"아래층 드디어 튀김 시작합니다. 백구민 셰프님은 가지를 튀기고 있고요, 이영은 셰프님은 닭다리 살을 튀기고 계시네요! 소리 보십시오!"

형일은 자기가 좀 더 주목을 받았어야 했는데, 너무 금방 다른 쪽으로 시선이 돌아가서 아쉬워했다.

'나도 이따가 두부 튀길 건데. 쳇.'

금세 녹화장에는 고소한 튀김 냄새가 진동했다. 연예인 패널들 중 한 명이 냄새라도 실컷 먹어야겠다면서 숨을 크게 들이마시자, 다른 패널들과 방청객들도 이쪽저쪽에서 숨을 크게 들이마시는 소리가 들려왔다.

잠시 후에는 유광정이 고기와 유채를 웍에 넣고 기름에 볶으면서 불쇼가 시작되었다. 그가 웍을 앞뒤로 흔들 때마다 재료가 튀어 올랐다가 다시 웍 안으로 떨어졌고, 불길도 위로 솟구치며 재료에 불이 붙었다가 잦아들었다가를 반복했다.

"저게 바로 중국 음식의 불맛을 내는 거죠. 화력이 엄청나네요!"

방청객들은 흥미로운 듯 이리저리 고개를 돌려가며 수제자들의 튀기는 모습과 볶는 모습을 구경했다.

그사이 호검과 형일은 만터우와 계란두부가 다 쪄져서 각자 찜기에서 그것들을 꺼내고 있었다. 호검은 만터우를 네모나게 잘라서 두 개의 만터우 빵 사이에 다진 새우와 다진 대파 등을 섞은 소를 넣기 시작했고, 형일은 두부를 삼각형으로 잘라 튀길 준비를 했다.

가지를 다 튀기고 난 백구민은 곧바로 곱게 다진 돼지고기와 파, 마늘 등을 볶으며 불을 일으켰다. 방청객들은 방금 유광정이 재료를 볶으면서 보여주었던 불쇼인데도 또 재미있어하며 백구민이 볶는 모습을 눈을 떼지 못하고 구경했다.

얼마 후, 중건이 10분이 남았음을 알렸다.

"자, 10분 남았습니다. 먼저 완성하시면 손을 들어주세요. 완성하신 순서대로 맛을 보겠습니다."

10분이 남았다는 소리에 이영은은 여러 개의 접시에 양상추를 깔더니 튀긴 닭다리 살을 그 위에 얹었다. 그녀는 미리 만들어놓은 소스를 그 위에 휙 뿌리더니 손을 번쩍 들었다.

"유린기 완성됐습니다!"

"네! 첫 번째 완성 요리는 유린기입니다!"

방청객들은 이제 맛을 볼 수 있으니 신이 나서 박수를 쳤다. 40인의 방청객들은 곧 시식단이었다. 그들은 원탁의 테이블에 나눠 앉아서 요리하는 모습도 지켜보고, 시식도 기다리고 있었던 것이다.

이어 완성된 요리는 유광정의 로우쓰차오몐[肉丝炒面]이었다. 유광정의 로우쓰차오몐은 간장을 넣어 볶아서 윤기가 좔좔 흐르는 까무잡잡한 색의 면에 가느다란 돼지고기와 초록색의 유채 나물이 섞여 있었다.

고윤석과 백구민은 대결 시간이 3분여 남았을 즈음, 거의 동시에 소리쳤다.

"전가복 완성됐습니다!"

"어향가지 완성됐습니다!"

그리고 마지막 1분이 남았을 때, 중건이 소리쳤다.

"자, 1분 남았습니다! 김형일 셰프님, 강호검 셰프님! 시간이 거의 다 됐습니다."

방청객들은 형일과 호검을 번갈아 쳐다보았고, 안주섭과 천

학수는 불안한 마음에 자리에서 일어나서 제자들을 지켜보고 있었다.

호검이 마지막으로 다 튀겨진 멘보샤를 기름에서 건져냈다.

'으, 이제 빨리 담기만 하면 된다!'

호검은 새우 소를 만터우 사이에 끼워 넣는 것과 50인분을 튀기는 것이 오래 걸려서 시간이 이렇게 촉박했던 것이다. 호검은 20초 만에 후다닥 기다란 접시에 멘보샤를 담아낸 다음, 얼른 외쳤다.

"멘보샤 완성됐습니다!"

"네, 멘보샤는 완성됐고요, 30초 남았습니다. 김형일 셰프님 아직 다 안 되셨나요? 이제 접시에 담으셔야 될 텐데요?"

형일은 직접 두부를 만들어서 튀기다 보니 시간이 오래 걸려서 지금 소스에 두부를 버무리는 중이었다. 그런데 50인분을 다 만들다 보니 웍에 재료가 한가득 들어 있어 웍을 돌리기가 힘들었다. 그는 땀을 뻘뻘 흘리며 웍을 더 빨리 돌리려고 애를 썼고, 방청객들과 안주섭은 주먹을 꼭 쥐고 긴장한 채 그를 쳐다보고 있었다.

*　　　*　　　*

"어서 담으세요! 접시에 담지 못하면 시식할 기회조차 없습니다! 10초 전!"

중건이 형일을 재촉했고, 형일은 10초 전이라는 말에 웍을 번쩍 들어 올렸다. 그는 10개의 접시에 1초에 한 접시씩 요리를 담았다.

"삼, 이, 일!"

"완성됐습니다! 후우."

형일이 부들부들 떨리는 손으로 접시에 요리를 다 담고는 다시 화구 위에 웍을 털썩 내려놓았다. 중건은 왼손으로 이마에 땀을 닦는 시늉을 해 보이며 외쳤다.

"휴우. 제가 다 땀이 나네요. 김형일 셰프님, 수고하셨습니다!"

"와!"

사람들은 형일에게 격려의 박수를 쳐주었다. 안주섭도 주먹을 흔들며 형일의 완성을 기뻐했다. 형일은 아직도 심장이 쿵쾅거리며 뛰고 있었지만, 사람들의 박수를 받으니 자신이 마지막에 완성한 것이 잘된 일 같기도 했다.

'사람들이 다 나만 쳐다보잖아? 오, 이거 제일 마지막에 완성하길 잘한 것 같은데? 흐흐. 원래 파티 같은 데도 주인공은 맨 마지막에 등장하는 법이지. 훗.'

그는 일단 주목을 받았다는 것에 만족스러워했지만, 곧 튀긴 계란두부에 소스가 잘 스며들었는지가 걱정이 되었다. 원래는 조금 더 졸였어야 하는데 시간이 부족해서 그냥 접시에 담았기 때문이다. 하지만 이미 요리는 그의 손을 떠났다. 이제 결과를 지켜볼 수밖에.

다행히도 호검은 시간에 간당간당하게 요리를 끝마쳤지만, 그는 멘보샤가 의도한 대로 완성이 잘되었다고 생각했다. 학수도 호검을 믿었기에 그가 잘 만들었으리라고 확신하고 있었다. 학수는 호검과 눈을 맞추고는 고개를 끄덕였다.

'잘했어.'

중건은 흥분된 목소리로 진행을 이어갔다.

"자, 그럼 이제 여섯 명의 수제자분들이 만든 요리가 모두 완성이 되었습니다. 그럼 지금부터 시식을 시작해 볼까요? 저도 전문가 패널분들의 테이블로 가서 함께 시식해 보도록 하겠습니다."

여섯 명의 수제자들은 조리대 앞쪽에 일렬로 쭉 서 있었고, 그들이 만든 요리는 스태프들이 시식단의 각 테이블에 가져다주었다.

촬영은 연예인들과 전문가 시식단은 각자 요리를 먹어보고 자유롭게 말하는 형식으로, 일반인 시식단은 먹는 모습만 찍는 것으로 진행되었다. 먼저 연예인 시식단은 이영은의 유린기를 먹어보더니 한 마디씩 감상을 내놓기 시작했다.

"으음, 맛있네요. 상큼하고 매콤하기도 하고, 텁텁하고 아주 매운 맛이 아니라 깔끔하면서 적당히 매콤하니 튀김의 느끼함도 잡아주고요."

"이거, 양상추랑 먹으니까 오리엔탈 드레싱을 끼얹은 치킨샐러드 같은 맛이네요!"

오리엔탈 드레싱이란 한식 샐러드에 잘 어울리는 샐러드드레싱으로 간장과 올리브 오일, 식초, 설탕, 레몬즙, 마늘을 넣어 만든 샐러드 소스였다.

"다른 점이라면 고추가 들어가서 매콤한 맛이 난다는 정도? 역시 닭튀김은 맛이 없을 수가 없어요."

"그럼요. 치킨은 진리죠!"

연예인 패널들도 그랬지만, 전문가 시식단들도 전체적으로 맛있다는 평을 했다.

물론 호검은 패널들이 모두 칭찬을 할 것이란 것을 이미 짐작하고 있었다. 아무래도 국내 최고의 중식 요리사들과 그들의 제자들을 불러서 요리를 시켜놓고 맛에 대해 안 좋은 평가를 하기는 쉬운 일이 아니기도 했고, 방송에서는 무조건 맛있다고 해야 시청률에도 더 나은 영향을 끼칠 테니까 말이다.

'방송인데 무조건 칭찬을 하겠지. 하지만 그 칭찬의 양과 내용이 중요하지.'

호검이 듣기에 이영은의 유린기는 평범하게 맛있다는 말 같았다. 하지만 이영은은 패널들의 칭찬 세례에 함박웃음을 지었다.

유린기에 이어 시식한 유광정의 고기볶음 국수인 로우쓰차오몐[肉丝炒面]은 탱글한 면발과 짭조름한 맛이 잘 어울린다는 평이 주를 이뤘다. 하지만 일부 패널은 생소한 맛이라는 평도 있었기에 호검이 보기에는 한국인의 입맛에 조금 안 맞나 싶은 생각도 들었다.

다음으로 고윤석의 전가복과 백구민의 어향가지 요리 시식이 있었다.

"와, 이거 전가복이라고 하셨죠? 해삼, 전복, 관자, 새우… 비싼 해산물이 듬뿍 들어갔네요."

한 남자 연예인 패널이 전가복을 이리저리 살펴보며 말했다. 그러자 고윤석이 얼른 전가복의 장점을 어필했다.

"거기 송이버섯도 들어가 있고요, 모두 건강에 좋은 재료들입니다. 그리고 데쳐서 요리한 거라 다이어트식으로도 좋습니다."

다이어트식으로 좋다는 말에 여자 연예인 패널 두 명이 화색을 띠며 좋아했고, 가장 먼저 젓가락을 들고 전가복 시식에 나섰다. 해삼과 송이버섯, 새우를 한 번에 집어 입에 넣은 한 여자 연예인은 오물오물 맛을 보더니 눈을 감고는 감탄사를 내뱉었다.

"으음! 송이버섯 향이 입안에 확 돌면서 입에 착 감기는 맛이, 진짜 고급 요리를 먹는 것 같아요."

"맞아. 소스가 살짝 매운맛도 도는데 그게 너무 매력 있다! 이거 근데 너무 맛있어서 계속 먹다가 다이어트 실패할 것 같은데요? 호호호."

남자 연예인 패널들은 전가복을 먹어보더니 힘이 솟는 것 같다면서 보양식 같다고 좋아했다. 고윤석은 잘 웃지 않는 편이라 활짝 웃지는 않았지만 슬쩍 입꼬리가 올라갔다.

'음, 전가복에 대한 평은 유린기보다 좋은 것 같군. 아무래도 좋은 재료가 듬뿍 들어갔으니 ……'

호검은 확실히 다양하고 비싼 재료로 만든 요리에 점수를 더 줄 것 같다고 생각했다. 하지만 이어진 백구민의 어향가지 요리에 대한 반응을 보니 또 다른 생각이 들었다.

백구민의 어향가지를 먹어본 패널들이 의외의 가지 맛에 굉장히 놀라워하며 여러 개를 계속 먹었기 때문이다.

"아니, 가지가 이렇게 맛있어요? 저 원래 가지 별로 안 좋아하거든요. 근데 이건 정말 맛있네요."

"진짜 가지가 고기 같아요!"

"이 어향 소스라는 게 정말 매콤, 달콤, 새콤 막 입안에서 여러 가지 맛을 내네요."

백구민은 어깨를 으쓱거리며 슬쩍 미소를 지었다.

'비싼 재료로 만든 요리와 평범한 재료지만 새로운 맛을 낸

요리, 사람들은 어떤 것을 선택하려나……?'

"자, 이제 강호검 셰프님의 멘보샤 맛을 보도록 하죠. 보기에도 황금빛으로 아주 바삭하고 먹음직스러워 보이네요!"

호검이 앞선 두 요리에 대한 사람들의 반응을 비교하다가 중건의 말에 번뜩 자신의 차례가 왔다는 것을 깨달았다.

"그런데 이 빨간 소스에 멘보샤를 찍어 먹으면 되나요?"

중건이 멘보샤 옆에 함께 나온 소스를 가리키며 물었다. 그 소스는 호검이 수제자 선발전에서도 멘보샤와 함께 만들었던 토마토소스였다.

"제가 1인당 2개씩 드실 수 있도록 100개를 만들었는데요, 하나는 그냥 드셔보시고, 다른 하나는 그 소스를 얹어 드시면 됩니다. 그 소스에 토마토와 양파가 잘게 들어가 있어서 찍어 먹기는 불편하거든요. 멘보샤 위에 숟가락으로 살짝 얹어서 드시면 될 것 같아요."

호검은 먹는 법을 친절하게 설명한 다음 자신이 만든 멘보샤를 시식하는 사람들의 표정을 그전보다 더 유심히 살피기 시작했다. 스승인 천학수도 긴장한 채 시식하는 패널들에게서 눈을 떼지 못하고 있었다.

바삭바삭.

연예인과 전문가 패널들이 가슴에 차고 있는 마이크를 통해 바삭한 소리가 흘러나왔다.

"와, 이 소리 들으셨죠? 진짜 바삭합니다! 드셔보세요, 여러분!"

일반인 시식단도 연예인 패널들을 따라 멘보샤를 먹어보더니 대부분 눈이 휘둥그레졌고, 사방에서 바삭바삭한 소리와 함께 탄성이 터져 나왔다.

"이야!"

연예인 패널들은 쉴 새 없이 칭찬을 해댔다.

"근데 처음 딱 먹을 때는 바삭하고 이 사이에 들어 있는 새우소를 탁 씹으면 탱글한 식감과 촉촉한 육즙이 쫙 흘러나와요! 그리고 그 육즙이 바삭한 빵과 섞이면서……! 와! 엄청 맛있습니다!"

"전 좀 느끼할 수도 있다고 생각했었는데 전혀 그런 게 없고, 튀김의 고소함과 새우의 고소함만 남아 있어요!"

"이 소스 얹어 먹으면 상큼한 맛이 나면서 또 다른 맛이 느껴져요!"

연예인 패널들은 다들 한 마디씩 하면서 각자에게 할당된 멘보샤를 깨끗이 먹어치웠고, 전문가 패널들도 극찬을 했다.

'이 말이 나올 때가 됐는데…….'

학수는 전문가 패널들을 지켜보면서 자신이 원하는 말이 나오길 기대하고 있었다.

그때, 한 요리 전문 기자의 입에서 학수가 고대하던 말이 튀어나왔다.

"지금까지 제가 먹어본 멘보샤 중에 이게 최고네요!"

바로 이 말. 학수가 호검의 멘보샤를 처음 먹어보고 한 말이었다.

'좋았어! 진짜 맛있다니까!'

학수는 그의 말을 듣고 함박웃음을 지었고, 그건 카메라에 고스란히 잡혔다.

호검도 칭찬 세례를 하는 패널들에게 방긋 웃으며 고개 숙여 인사했다. 호검의 바로 옆에 서 있던 형일은 호검과는 대조적으로 인상이 찌푸려져 있었다.

'얼마나 맛있기에 저러는 거야, 도대체? 그까짓 새우버거튀김 비슷한 걸 가지고 말이야. 쳇.'

그리고 이제 마지막 형일의 홍소두부를 맛볼 차례가 되었다.

"이게 바로 계란으로 만들었다는 두부죠?"

"맛이 정말 궁금해요."

연예인 패널들은 기대감 가득한 표정으로 젓가락을 들었다.

"으음? 이거 맛이……!"

"그죠? 맛이! 두부 같으면서도 계란 맛이 살짝 나기도 하고!"

"계란으로 만든 두부가 그냥 두부보다 더 부드럽네요!"

"튀긴 거라 겉은 쫄깃한데 안은 부드럽고 맛있어요."

일단 연예인 패널들의 평은 호평 일색이었다.

"감사합니다!"

형일은 그들의 칭찬에 신이 나서 고개를 숙이며 인사를 했고, 학수는 그들의 반응을 보고 이번엔 진짜 형일이 홍소두부 만들기를 성공했나 보다고 생각했다.

다음으로 전문가 패널들이 형일의 홍소두부 맛을 보았다.

"음, 괜찮네요. 저한테는 조금 싱거운 듯한데, 부드러운 계란두부의 맛이 좋아요."

전문가 패널 중 한 여자 요리연구가가 말했다. 학수는 그녀의 말을 듣고 역시 아직 형일이 홍소두부를 완벽히 마스터한 것은 아니라는 것을 알았다. 싱겁다고 표현했지만 분명 간장으로 조리는 부분에서 뭔가 부족한 부분이 있었을 것이다.

"소스를 조금 더 듬뿍 해서 채소와 같이 드시면 맞을 거예요."

그녀의 말에 형일이 능청스럽게 말했다. 하지만 속으로는 조금 아쉬워하고 있었다.

'으, 마지막에 조금 더 졸여졌어야 하는 건데……. 그럼 간이 딱 맞았을 텐데. 역시 시간이 부족했어.'

하지만 다행히도 그 요리연구가 말고 다른 전문가 패널들은 다들 좋은 평가를 해주었다.

일반인 시식단도 만족스러운 표정으로 맛을 보았고, 조금 싱겁다 느끼는 사람들은 형일의 말대로 소스를 듬뿍해서 먹었다.

그래서 형일은 만족스러운 표정을 짓고 있었는데, 갑자기 홍소두부를 하나 더 집어 먹던 요리전문기자 한 명이 낮은 탄성을 질렀다.

"윽."

그의 옆에 앉아 있던 여자 요리연구가가 그를 쳐다보고 물었다.

"왜요?"

"거기 냅킨 좀……."

요리연구가가 의아해하며 자신의 옆에 놓여 있던 냅킨을 건넸다. 그러자 요리전문기자는 먹던 두부를 냅킨에 조용히 뱉어냈다.

공교롭게도 이 장면이 화면에 잡혔고, 화면을 보고 있던 김 피디가 갑자기 전문가 패널 테이블로 오더니 그에게 물었다.

"왜 그러세요?"

"아, 계란 껍질이 씹히는 것 같아서……."

요리전문기자는 그냥 뱉고 말려고 했는데, 김 피디가 물어보니 하는 수 없이 대답했다. 그 말을 들은 형일은 얼굴이

사색이 되어 꿀 먹은 벙어리처럼 아무 말도 못 하고 서 있었다

그런 초보적인 실수를 하다니.

'아까 두 손으로 계란을 막 깨다가 들어갔나? 체에 걸렸는데……. 아! 그럼?'

형일이 계란 크기가 좀 작아서 나중에 추가로 계란을 몇 개 더 깨서 추가했는데, 그때는 급한 나머지 체에 거르질 않았다. 그의 추측으로는 그때 계란 껍질이 들어간 것 같았다.

'으……. 추가하지 말걸……. 아니, 바빠도 체에 걸렀어야 하는 건데!'

순식간에 녹화장 분위기가 싸해졌다. 그러자 김 피디가 얼른 중건에게 말했다.

"자, 투표로 넘어가죠. 중건 씨?"

중건은 곧바로 수제자들이 서 있는 무대로 다시 올라가서 멘트를 했다.

"자, 그럼 투표를 시작하겠습니다! 가장 맛있었던 요리 2개에 투표 버튼을 눌러주시면 됩니다. 눌러주세요!"

중건의 멘트가 끝나자마자 김 피디가 외쳤다.

"잠시 투표 합산하고 쉬었다가 20분 후에 녹화 다시 들어가겠습니다!"

김 피디의 말에 방청객들과 패널들은 다들 자리에서 일어

섰고, 스태프들이 테이블을 치우러 왔다. 다른 수제자들은 각자 자신의 스승들에게 가서 이런저런 이야기를 시작했는데, 형일은 주섭에게 먼저 간 것이 아니라 얼른 김 피디를 쫓아갔다.

"김 피디님! 이거 편집되는 거죠?"

4. 수제자 VS 수제자II

형일의 물음에 김 피디가 되물었다.

"아, 그 계란 껍질 씹힌 거요?"

"네……. 편집해 주실 거죠?"

"에이, 그럼요. 알아서 좋은 거만 나가게 해드리죠! 걱정 마세요."

"후우. 감사합니다."

김 피디는 웃으며 대답하자, 형일은 안도하며 감사 인사를 하고는 그제야 주섭에게로 갔다.

"형일아, 조금만 더 빨리 하지!"

"그러게요. 시간이 몇십 초만 더 있었어도 되는 건데! 근데 그 덕에 스포트라이트 좀 받았잖아요."

"그렇긴 해. 근데 아까 그 요리전문기자가 계란 껍질 씹은 건, 어떻게, 편집되겠지?"

"김 피디님이 당연히 편집하실 거래요."

"다행이네. 근데 그거 때문에 결과가 어떻게 나올진 모르겠어. 그것도 조심 좀 하지."

"뭐 좀 실수가 있었지만, 이 레시피는 1등 할 수 있을 거예요. 하하."

형일은 이 홍소두부가 기본적으로 특이한 레시피이면서 맛도 보장되는 요리라서 조금의 실수는 별 상관이 없다고 생각했다.

"괜찮은 레시피긴 하지."

주섭도 형일이 만든 홍소두부가 학수의 레시피인 것을 알고 있었기에 고개를 끄덕였다.

"근데, 그 호검인가, 천 셰프 수제자 말이야. 나이가 어린데도 튀김을 아주 잘하더구만? 황금빛으로 멘보샤 튀겨내는 거 보고 우리 스승들이 다 놀랐잖아."

주섭이 학수와 웃으며 대화를 나누고 있는 호검을 턱으로 가리키며 말했다.

수제자들이 요리를 하는 동안 스승들은 그래도 저번 주에 한번 만난 적이 있다고 금세 서로 편하게 이야기를 나누었다. 그들은 서로의 제자에 대해 자랑도 하고 수제자들의 요리도 구경하다가, 호검이 황금빛 멘보샤를 튀겨내는 것을 보고 다들 감탄을 했던 것이다.

"으음, 원래 걔가 그런 감각이 좀 있긴 하죠."

형일이 떨떠름하게 대꾸했다.

"좀이 아니던데? 그게 빵이라서 기름 온도 조절이 잘돼야 하는 거잖아. 너무 높은 온도면 금방 빵이 타버리고, 또 낮은 온도에서 튀겨도 조금만 방심하면 또 탈 수 있고. 그 미묘한 황금빛을 내는 게 아주 고난도 기술이지."

주섭이 호검을 칭찬하자 형일은 듣기 싫은지 잠깐 화장실을 간다며 얼른 자리를 피했다.

한편, 호검은 학수에게 형일의 홍소두부 이야기를 하고 있었다.

"스승님, 부주방장님의 홍소두부, 스승님 레시피 맞죠?"

"어. 맞는 거 같아."

"으윽. 그거 되게 맛있잖아요……."

호검이 조금 불안해하며 말했다.

"잘 만들면 맛있지. 근데 예전에도 형일이가 이 홍소두부를 완벽히 만들어낸 적이 없었어. 아까 간이 좀 덜 배었다고 하는 걸 보니 아마 이번에도 완벽한 맛은 아닐 거야. 형일이가 원래 그 간장 불맛을 잘 못 냈었거든."

"아…… 그래도, 스승님 레시피인데……. 저도 스승님께 배운 것 중에 하나로 할 걸 그랬나 봐요."

"아냐. 네 멘보샤가 정말 맛이 좋아서 내가 그걸 만들라고 한 거야. 그리고 나처럼 지금까지 먹어본 멘보샤 중에 가장 맛있다고 한 사람도 있었잖아. 걱정 마."

호검은 학수의 말에 알겠다는 듯 고개를 끄덕였다.

잠시 후, 드디어 녹화가 재개되었다.

스승들은 다시 자기 자리에 앉았고, 수제자들은 무대의 한가운데에 일렬로 섰다.

아나운서 박중건이 투표 결과가 적힌 종이를 가지고 수제자들 앞으로 나오더니 곧바로 입을 떼었다.

"자, 이제 수제자 대결의 우승자를 발표하겠습니다! 수제자 대결의 우승자는……!"

방청객들과 스승들, 제자들 등 녹화장의 모든 사람들은 숨을 죽이고 박중건을 쳐다보고 있었다.

"아, 이분이시군요! 바로 천학수 셰프님의 수제자 강호검 셰프님입니다!"

"와아!"

발표와 동시에 학수는 자리에서 벌떡 일어났다. 그리고 호검에게로 달려 나오더니 그를 얼싸 안았고, 방청객들은 그 모습에 환호하며 박수갈채를 보냈다.

"그 스승에 그 제자네요! 대단합니다!"

호검도 너무 기뻐서 어쩔 줄을 몰랐다. 다른 수제자들과 스승들은 다들 박수를 치며 축하해 주었다. 형일도 역시 억지웃음을 지으며 박수를 치고 있었는데, 속에선 열불이 나는지 얼굴색이 벌게져 있었다.

'말도 안 돼. 이건 천 셰프의 레시피로 만든 거란 말이야!'

그렇지만 만든 사람은 바로 형일이었다. 같은 레시피를 가지고도 만드는 사람이 누구냐에 따라 천차만별의 맛이 나는 게 바로 요리였다.

형일은 화가 나면서도 한편으로는 호검이 두려웠다. 어린 나이이기도 하고, 저렇게 요리 실력이 빨리 늘어가니 말이다. 그리고 저 멘보샤가 호검 스스로 만들어낸 레시피로 만든 거라니!

'도대체 저 멘보샤 맛이 어느 정도길래……'

형일은 고개를 돌려 호검이 요리했던 2층 가운데 조리대를 올려다보았다.

곧 사람들의 박수 소리가 사그라들자 중건이 호검에게 다가가 농담조로 말했다.

"강호검 셰프님, 축하드립니다. 이거 스승과 제자가 이렇게 다 해 드셔도 되는 겁니까? 하하하."

호검은 답할 말이 없어 씨익 웃기만 했고, 중건은 이어 물었다.

"근데, 이 멘보샤는 천 셰프님께 배운 거죠?"

중건의 물음에 학수가 호검 대신 대답했다.

"아닙니다. 이건 호검이가 직접 만들어낸 거고요. 전 하나도 가르쳐 주지 않았습니다."

"정말입니까? 와, 최연소 수제자인 이유가 있었네요. 엄청난 실력자이십니다!"

중건이 박수를 치며 감탄했고, 호검에게 또 다른 질문을 했다.

"음, 다음 주부터 시작될 서바이벌에서 강력한 우승 후보 같은데, 어떠세요, 자신 있으십니까?"

"잘 모르겠습니다. 그건 스승님이……."

호검이 학수를 쳐다보자, 중건은 학수에게 다시 물었다.

"자신 있으십니까?"

"자신 있게 해보겠습니다. 하하하."

학수는 애매하게 대답을 잘 넘겼고, 녹화는 잘 마무리가 되었다.

녹화가 끝나자마자 김 피디는 곧바로 셰프들을 모두 불러 모았다. 그는 다음 주부터 시작할 서바이벌에 대한 설명을 해주었고, 셰프들은 그의 말을 경청했다.

하지만 여기에 열두 명의 셰프가 모두 있는 것은 아니었다.

다른 셰프들과 김 피디는 눈치채지 못했지만, 주섭은 형일이 없다는 것을 알고 두리번거리며 형일을 찾아보고 있었다. 그러다 아직 세트장 구석에 뒤돌아 서 있는 형일을 발견하고는 탐탁지 않다는 듯 인상을 찌푸렸다.

'쟤는 저기서 안 오고 뭐 하는 거야?'

형일은 세트장 구석진 곳에서 무언가를 먹고 있었다. 그는 호검이 혹시나 몰라서 몇 개 더 넉넉하게 만들어두었던 멘보샤를 슬쩍 하나 가져와서 먹어보고 있었던 것이다.

들킬세라 얼른 멘보샤를 한입 베어 문 형일은 갑자기 시무룩해졌다.

'이거 뭐야, 왜 이렇게 맛있어……. 다 식었는데도 왜 이렇게 맛있냐고!'

그는 의기소침해서 멘보샤를 먹다가 이렇게 맛있는 걸 어리고 경력도 별로 안 되는 호검이 만들었을 리 없다는 생각이 들었다.

'그렇지, 그럴 리 없지. 분명히 천 셰프가 나한테 알려주지 않은 걸 호검이한테만 알려준 거야.'

이렇게 생각하니 그는 천학수를 이기고 싶다는 승부욕이 발동했다. 자신의 상대가 호검이 아니라 천학수라고 설정하니 그는 오히려 마음이 더 편했다.

'그래, 천 셰프는 만만치 않아. 안 셰프님과 협력해야겠어.'

형일은 멘보샤 하나를 다 먹고는 다짐했다.

'천 셰프를 누르고 반드시 내가 우승할 거야. 1등만 기억되는 세상이니까.'

*   *   *

호검과 학수는 방송에서 만들 요리도 연습하고 준비했지만, 호검의 수업도 함께 계속 해나가고 있었다. 어차피 방송에서 만들 요리도 다 학수의 고유 레시피라서 그것을 연습하는 것 자체도 호검의 수업을 하는 거나 다름없었다.

학수는 오전에 수업을 하다가 조금 쉬면서 호검에게 물었다.

"호검아, 어제 첫 방송 봤니?"

"네, 스승님이 되게 카리스마 있게 나오셨어요! 소개하는 프로필 사진도 잘 나왔더라고요. 하하하."

"그래? 하하. 근데 시청률은 잘 나왔는지 모르겠네. 많은 사람들이 보면 좋을 텐데."

학수는 원래 프로그램 출연에 관심이 없던 사람이었지만 그래도 이왕 출연했으니 시청률이 잘 나왔으면 하고 바랐다.

"그러게요. 많이들 봐야 할 텐데. 방송 전에 프로그램 예고는 많이 나오는 것 같더라고요. 제 친구도 봤다고 하던데."

"맞아. 우리 집사람도 봤다고 하더라. 홍보는 많이 했던데, 시청률은……."

시청률에 대해 궁금해하던 찰나, 김 피디에게서 전화가 걸려왔다. 학수는 반가워하며 전화를 받았다.

"아, 김 피디님! 안녕하세요."

―천 셰프님! 어제 첫방 보셨어요?

"네, 그럼요. 재미있게 편집 잘하셨던데요?"

"아하하하. 원래 중화요리가 볼거리도 많고 재밌잖아요. 처음을 중화요리편으로 하길 잘했나 봐요. 그리고 참, 시청률이요."

―어, 어떻게 됐나요?

학수가 긴장해서 물었다.

"하하하. 엄청 잘 나왔어요! 8프로나 나왔다니까요! 금요일 11시인데, 첫방부터 그 정도면 대박이에요!"

금요일 밤 11시에 하는 지상파 프로그램 중에서 1등의 시청률이 11프로 정도였고, 〈대결! 요리천하〉 직전 예능의 마지막 화 시청률이 4프로였던 것을 감안하면 첫방 시청률이 굉장히 잘 나온 것이었다.

"오, 잘됐네요."

―시청자 게시판의 반응도 되게 좋아요. 특히 1등 하신 천

셰프님에 대한 관심이 많고요, 저도 예상했었지만, 호검 씨는 얼굴이 몇 번 나오지도 않았는데 궁금해하는 사람들이 많더라고요. 하하하.

"우리 호검이가 한 인물 하죠. 하하하."

학수는 기분이 좋은지 호검의 칭찬을 했고, 옆에서 듣고 있던 호검은 민망한 듯 웃었다.

―그렇죠! 호검 씨 덕분에 젊은 층도 앞으로 꾸준히 볼 것 같아요. 다음 주 예고에 수제자 대결 나와서 다들 기대가 큰가 보더라고요. 다음 주 본방 사수할 거라고 난리예요!

"하하하."

학수는 김 피디의 말을 듣고 큰 소리로 웃기만 했다.

―그래서 말인데요, 부탁드릴 게 있어요.

"네, 뭔데요?"

―결승전에 진출하시는 건 당연하겠지만, 되도록 최선을 다 해주시길 부탁드려요. 탈락만 안 하면 된다, 뭐 그런 생각 말고, 매회 1등을 해야겠다, 그런 생각으로 열심히 해주세요.

〈대결! 요리천하〉는 3회분을 미리 녹화해 두었는데, 1회는 스승 대결, 2회는 수제자 대결, 3회는 본격적으로 서바이벌로 들어가서 탈락 팀과 1등을 뽑은 상태였다. 첫 번째로 탈락한 팀은 백성용 셰프팀이었고, 1등을 한 팀은 서일주 셰프팀이었다.

"아……. 다른 분들도 워낙 쟁쟁한 분들이라서 확답은 못 드리겠지만, 어쨌든 최선을 다해 준비하고 있습니다."

─네, 열심히 해주세요. 하하하. 참, 근데 지금 아린 오픈 시간 다 되었죠?

김 피디의 말에 학수는 사장실 벽에 걸린 시계를 쳐다보았다.

11시 20분. 오픈 시간 10분 전이었다.

"네, 근데 그건 왜 물으시는지……?"

─난리 안 났나요?

"네?"

─보통 이런 거 첫 방송 나가면 바로 다음 날부터 난리가 나거든요. 난리 안 났어요? 이상하다…….

"아, 아직 모릅니다. 제가 지금 사무실에 있어서. 내려가 봐야겠네요."

─아하. 분명히 사람들 엄청 왔을 거예요. 바쁘실 테니 이만 끊을게요. 다음 녹화 때 봬요.

학수는 전화를 끊자마자 호겸을 데리고 홀로 내려갔다. 내려가 보니 이미 홀의 자리는 만석이었고, 밖에까지 길게 줄이 이어져 있었다.

"헉. 이게 웬일이래?"

"와, 방송의 힘이 정말 대단하네요……."

호검은 입을 쩍 벌리고 사람들을 둘러보았다.

"근데, 오픈 시간 전부터 이렇게 사람들을 다 받으면 어떻게 해? 황 매니저……?"

원래 오픈 시간 이후에 사람들을 받아야 하는데 아직 시간이 되기도 전에 사람들이 홀에 꽉 차 있으니 학수가 어떻게 된 것인지 물어보려고 예슬을 찾았다.

이리저리 고개를 돌려보니 예슬은 식당 밖으로 쭉 줄을 선 사람들에게 번호표를 나눠주고 있었다.

"아, 바깥에도 사람이 너무 많아서 그랬나 봐요."

호검이 학수에게 설명하는데, 갑자기 사람들이 학수와 호검을 발견하고 환호성을 질렀다.

"어머! 셰프님들!"

"와! 천 셰프님이랑 수제자다!"

호검과 학수는 갑작스러운 인기에 당황해서 얼른 다시 사장실로 도망치듯 올라갔다.

"후우. 이거 뭐……."

"벌써 이렇게 사람들이 몰리면, 우승하면 길거리 다니지도 못하겠네."

"에이, 설마요. 하하하하."

"하하하하. 농담이야."

호검과 학수는 기분이 좋아서 절로 웃음이 터져 나왔다.

그런데 그때, 누군가 다급하게 사장실 문을 두드렸다.

*　　　　*　　　　*

노크를 하자마자 문을 벌컥 열고 들어온 사람은 다름 아닌 부주방장 문대영이었다.

"사장님! 오늘은 좀 도와주셔야겠어요! 사람들이 다들 오리춘빙을 찾아서요!"

"아!"

학수는 자신이 스승 대결에서 오리춘빙을 만들었던 사실이 떠올랐다. 당연히 사람들은 그걸 먹고 싶어서 왔을 것이고 말이다.

"오리는 있어?"

"북경오리 하려고 들여놓은 거 좀 있어요. 근데 지금처럼 계속 몰려오면 모자랄 것 같아요."

"그럼 일단 그걸로 점심은 버텨보자고. 가자, 호검아. 나랑 호검이가 춘빙에 들어가는 춘장오리볶음 맡을 테니까… 아! 춘장!"

학수가 춘장오리볶음을 만들려고 보니까 특제 춘장을 만들어둔 게 조금밖에 없었다.

"춘장 다시 만들어야 할 텐데…… 음, 호검아!"

잠시 고민하던 학수는 호검을 불렀다.

"네?"

"네가 여기 내 주방에서 특제 춘장 만들어서 아래로 가지고 내려와. 난 가서 있는 걸로 우선 만들어야 하니까. 할 수 있지?"

"네, 할 수 있을 것 같아요."

"좋아! 그럼 너만 믿는다! 참, 네가 개발한 그 찍어 먹는 소스도 만들어 와야겠다. 알겠지?"

"네! 두 가지 다 만들어 갈게요. 저만 믿으세요!"

호검은 자신 있게 대답했고, 학수는 이런 수제자를 뒀다는 게 든든했다.

"그래. 부주, 얼른 내려가자."

학수는 특제 춘장과 소스는 호검에게 맡기고 자신은 부주와 함께 주방으로 내려갔다.

호검은 학수가 내려가자마자 가장 먼저 학수의 개인 냉장고에서 춘장과 새우 가루를 꺼냈다.

"어디 한번 만들어볼까?"

호검은 다른 여러 가지 재료들도 가져와서 함께 웍에 넣었다. 그는 능숙한 손놀림으로 웍을 흔들며 특제 춘장을 만들기 시작했다.

주방으로 내려간 학수는 곧바로 지시를 했다.

"오늘 거의 대부분이 오리춘빙 주문일 거야. 면장이랑 용식이는 계속 전병을 만들고, 현우도 그걸 도와. 칼판장은 채소 계속 썰어야 하니까, 재석이가 도와주고. 식사장도 식사류 주문 없을 땐 전병 굽는 거 좀 도와줘."

"네!"

주방 식구들은 학수의 지시에 따라 빠르게 움직였다.

"참, 재석아, 오리부터 주문해 놔. 오늘 최대한 빨리 배달해 달라고 해."

"네!"

지시가 끝난 학수는 남아 있던 특제 춘장을 꺼내 와서 춘장오리볶음을 만들었고, 대영은 그 모습을 지켜보았다.

30분 후, 호검은 방금 만든 뜨끈뜨끈한 특제 춘장을 유리병에 담고, 자신이 개발한 찍어먹을 소스도 통에 담아 가지고 내려왔다.

"스승님, 여기 춘장이랑 소스 만들어 왔어요!"

"오, 빨리 만들어 왔네? 잘했어. 어디 맛보자."

학수는 호검이 만들어 온 특제 춘장의 맛을 보더니 흡족한 미소를 지으며 말했다.

"좋아. 이 맛이야!"

그때, 또 주문이 들어왔다.

"1번 오리춘빙 둘, 6번 오리춘빙 하나, 7번 오리춘빙 둘, 12번 오리춘빙 하나, 자장면 하나요!"

"호검아, 이리 와. 나 대신 웍 잡아."

학수는 손목이 아직 좋지 않은 관계로 웍을 오래 돌리지 못했다. 그래서 자기 대신 호검에게 웍을 잡으라고 한 것이다. 이미 옆에서 부주방장인 대영은 쉴 새 없이 오리고기를 특제 춘장에 볶아대고 있었다.

"네!"

호검은 은근히 신이 났다. 그는 자신이 마치 주방장이 된 것마냥 신이 나서 힘든 줄도 모르고 계속해서 춘장오리볶음을 볶았다. 엄청난 속도로 춘장오리볶음을 만드는 호검을 지켜보며 학수는 혀를 내둘렀다.

"오, 역시 젊어서 그런가? 아님 호검이가 힘이 넘쳐서 그런가? 나보다 더 빠른 거 같네. 허허."

*　　　*　　　*

한편, 〈팔선정〉도 다른 때보다 손님이 북적이고 있었다. 비록 1등은 하지 못했지만 방송에 얼굴을 비추었다는 점만으로도 홍보 효과가 벌써 나타나고 있는 것이다. 그리고 사람들은 역시나 방송에서 보여준 해물누룽지탕을 주문했다.

"2번 테이블 해물누룽지탕 2개! 3번도 동일!"

형일은 이미 이렇게 될 것을 예상하고 미리 해물누룽지탕 재료를 넉넉히 준비해 놓자고 주섭과 선정에게 말해두었었다. 그래서 별문제 없이 요리를 내갈 수 있었다.

"제가 그랬죠? 바로 다음 날부터 반응이 딱 온다니까요! 하하하."

주방을 찾아온 선정에게 형일이 기뻐하며 말했다.

"호호호. 정말 그러네요. 아주 준비성도 철저하고 좋아요!"

"제가 뭐랬어요. 그 프로그램 나가면 무조건 대박 날 거라고 했잖아요. 하하하."

형일은 어깨를 으쓱거리며 우쭐대며 말했다. 선정은 형일이 원래 자랑하는 성격인 것을 알고 있는 데다가 형일의 정보가 일부 도움이 된 것은 사실이니 그냥 웃어넘겼다.

그때, 주섭이 웍을 흔들며 형일과 선정에게 다급하게 말했다.

"부주, 그렇게 수다 떨 시간 없어. 이거 계속 만들어야 해. 사장님, 우리 바빠요!"

"아, 네! 저도 홀 나가봐야 해요. 그럼 계속 수고해 주세요."

선정은 얼른 주방을 나갔고, 형일도 주섭의 바로 옆자리에서 해물누룽지탕 만들기에 돌입했다.

바쁜 점심시간이 모두 끝나고 드디어 쉴 수 있는 브레이크 타임이 되었다.

주섭과 형일은 쉴 새 없이 해물누룽지탕을 만들어내느라 겨우 점심 타임만 지났을 뿐인데 벌써 녹초가 된 것 같았다. 둘은 다른 주방 직원들이 늦은 점심 식사를 준비하는 동안 의자에 널브러지듯 앉아 대화를 나눴다.

"으아, 이거 평소 같으면 하루 종일 받을 손님들이 점심시간에 다 온 것 같아요."

"어. 그 정도 되는 거 같아. 오늘 매출 2배 나오겠다. 근데 매출 오르면 사장님이 우리 월급 좀 올려주시려나?"

"그럼요! 다들 우리 얼굴 보고 오는 건데요. 우리 몸값이 높아지는 거죠. 하하하."

형일은 생각만 해도 좋은지 연신 싱글벙글이었다.

"우리 근데 그럼 다음 주에는 수제자 대결이 방송될 테니까 홍소두부 재료 잔뜩 준비해 놔야겠네?"

"아마도 미리 계란두부를 만들어놔야 할 걸요? 흐흐."

형일은 자신이 다음 주에 스포트라이트를 받을 생각에 기분이 더 좋아졌다. 물론 호검이 1등을 했지만, 그래도 호검이 다음으로 스포트라이트를 받은 사람은 형일이었으니까 말이다. 그리고 주섭이 스승 대결에서 1등을 하지 못했음에도 이렇게 많은 사람들이 찾아왔으니 수제자 대결 후에는 사람들이 더 몰려올 것이 자명했다.

"참, 저희 다음 대결 메뉴는 뭐로 할까요?"

형일이 주섭에게 물었다.

"글쎄……. 근데 저번에 서일주 셰프가 정말 칼을 간 것 같던데, 우리도 필살기 하나 해서 1등 한번 해볼까?"

"아뇨. 전 그냥 꼴찌만 면해서 탈락만 하지 않게 가다가 필살기는 마지막 결승전에서 보여주는 게 낫다고 생각해요."

형일이 자신의 의견을 단호하게 말했다.

"응? 그래?"

"네. 필살기는 말 그대로 필살기잖아요. 최고의 필살기는 마지막 결승 대결에서 보여주는 걸로 하고요, 그 전에는 탈락만 안 할 정도의 무난한 요리로 준비하죠. 페이스 조절이라고나 할까요?"

형일은 어차피 마지막에 1등을 하는 것이 가장 임팩트가 있다고 생각했다. 모든 대결에 혼신을 쏟아붓다가 보면 막판에는 할 만한 더 좋은 요리가 없을 수도 있기 때문이다.

"그래, 일리가 있어. 괜히 처음부터 힘 빼는 거보다는 몸 좀 사리다가 한 방을 노리는 게 더 낫지. 근데 우리 결승전 주제는 아마 자유겠지?"

"그럴 거예요. 제 생각에는 뭐 '최고의 요리'를 만들라고 하지 않을까 싶어요. 그게 곧 자유 주제죠."

형일과 주섭은 벌써부터 결승전에 갈 생각부터 하면서 김칫

국을 마시고 있었다.

"그럼 우리 조만간 결승전에 보일만한 최고의 요리를 먼저 정해놓자. 그러니까, 우리가 보여줄 만한 괜찮은 요리들을 여러 개 생각해 보고 그중에 최고를 골라놓는 거지."

"좋아요. 음, 그럼 다음 대결에는 뭘 만들까요?"

"주제가 면 요리랬지? 음, 일단 면은 수타면 할까?"

"아휴, 수타로 50인분을 다 만들려면……."

형일이 고개를 절레절레 흔들었다.

"도삭면 어때요? 사람들이 도삭면 만드는 거 보여주면 좋아할 것 같은데."

도삭면은 밀가루 반죽을 칼로 슥슥 깎아내어 만드는 면이었다. 도삭면은 반죽 덩어리를 작은 도마에 올려 한쪽 손으로 비스듬히 잡고서 다른 손에 든 칼로 반죽을 깎아내 곧바로 끓는 물 속에 떨어뜨려 삶기 때문에 사람들이 신기해할 만했다.

"오, 괜찮네. 주목 좀 받겠는데? 면은 도삭면으로 하고, 도삭면으로 어떤 면 요리를 만들까?"

"음, 그건 더 생각해 보죠. 아, 근데 미리 김 피디님한테 다른 팀과 안 겹치게 해달라고 연락드릴까요?"

"맞아. 그게 좋겠다. 우리가 먼저 도삭면 하기로 했다고 해두는 게 좋지."

"그럼 당장 전화드리고 올게요."

형일은 곧바로 나가서 김 피디에게 전화를 걸었다. 그는 일단 도삭면을 자기네가 할 거라고 말을 해두었고, 전화를 건 김에 한 가지 더 부탁했다.

"저, 다음 주에 수제자 대결 방송에 그 장면 안 나오게 편집 꼭 해주세요. 아시죠? 제가 말하는 그 장면."

김 피디는 알겠다고 대답했다. 형일은 요리전문기자가 계란 껍질을 씹어서 음식을 뱉는 장면이 나올까 봐 계속 불안했었는데 다시 한 번 확답을 받으니 한결 마음이 편해졌다.

*　　　*　　　*

호검은 〈대결! 요리천하〉 첫 방송이 나가고 난 뒤, K호텔 강 회장, 그의 아들 강 이사, 쿠치나투라 요리 학원의 최 원장, 수정, 외교부 장관, 주한 이태리대사인 마테라치. 주한 중국대사인 마롱 등 많은 사람들의 축하 전화를 받았다.

주한 중국대사인 마롱은 프로그램이 다 끝나고 조금 한가해지면 호검이 직접 만든 요리를 맛보고 싶다며 미리 예약을 해도 되냐고 했다. 호검은 마롱이 〈아린〉에 방문하면 자신이 직접 요리를 해서 대접하겠다고 답했고, 마롱은 꼭 가겠다며 매우 좋아했다.

그리고 강 이사는 운전기사를 통해 비싼 와인 선물까지 보내주며 첫 방송 출연을 축하해 주었다.

—강 셰프님! 화면발 정말 잘 받으시던데요?

"감사합니다. 하하. 근데 뭘 또 이런 선물까지 보내셨어요? 이거 그때 그 와인이죠?"

—네. 그거 맛있다고 하시기에 그걸로 보내 드렸습니다. 곧 스타 셰프가 되실지도 모르는데, 뇌물입니다. 하하하.

물론 강 이사의 뇌물이란 말은 농담이었다.

"에이, 스타 셰프라니, 말도 안 돼요. 제가 〈아린〉에 취직하면서 자주 요리를 못 해 드려서 죄송스러웠는데, 이렇게 선물도 보내주시니까, 더 죄송하네요."

—아휴, 뭘요. 바쁘신데. 전 이렇게 대단한 셰프님의 요리를 드물게라도 맛볼 수 있어서 아주 만족합니다. 제가 중국 요리는 별로 취향이 아니지만, 〈아린〉에도 꼭 들러볼게요.

"네, 나중에 또 연락드릴게요."

—네, 방송 잘 보겠습니다. 파이팅하세요!

＊　　　　＊　　　　＊

며칠 후 목요일, 탈락한 백성용 셰프팀을 제외한 나머지 셰프들이 〈대결! 요리천하〉의 4화 녹화를 위해 방송국에 다시 모였다.

"셰프님들! 첫방송은 다들 챙겨 보셨어요?"

"그럼요. 당연하죠. 첫 방송은 본방 사수 아니겠습니까?"

그래도 텔레비전 출연을 몇 번 해본 서일주가 웃으며 대답했고, 한국말이 서툰 유도정 대신 동생인 유광정도 한마디 했다.

"요리하는 모습도 멋지게 잘 잡아주시고, 편집도 잘해주셨더라고요."

"시청률 기사도 보셨어요?"

"네, 대박 났다고 기사 난 거 봤어요. 아주 뿌듯했습니다. 하하하."

셰프들은 시청률 이야기에 잠시 흥분해서 이야기를 나누었다.

"참, 식당 하시는 분들은 다음 날 정신없으셨죠?"

김 피디가 이어서 또 묻자, 원래 말수가 적은 장경태가 웬일로 가장 먼저 대답했다.

"진짜 정신없었어요. 사실 지금까지도 정신없습니다. 후우. 제 생에 가장 바쁜 날들을 보내고 있어요."

평소 조용한 성격의 장경태가 이렇게 말할 정도니 정말 바쁘다는 걸 실감할 수 있었다.

"하하하. 장사 잘되면 좋은 거죠. 앞으로 방송이 한 회 한

회 나갈 때마다 더욱더 잘될 겁니다. 기대하세요. 자, 그럼 오늘 녹화 시작해 볼까요?"

＊　　　＊　　　＊

김 피디는 셰프들에게 준비를 하라고 한 다음 카메라 맨에게 다가가서 속삭였다.

"이따가 촬영 들어가면 강호검 셰프 많이 잡아줘요. 이번에 시청자 반응 보니까 확실히 강 셰프 인기가 제일 좋으니까요."

카메라 맨은 알겠다는 듯 고개를 끄덕였다.

이날 면 요리를 주제로 펼친 요리 대결에서는 중국식 비빔 국수인 건반면을 만든 학수와 호검이 1등을 차지했다. 김 피디는 천 셰프팀이 1등을 차지하자 속으로 쾌재를 불렀다.

'역시, 1등 좀 많이 해달랬더니 준비 많이 하셨나 보네. 시청률 잘 나오겠다.'

면 요리 대결의 탈락팀은 바로 유도정 셰프팀이었다.

유도정 셰프팀은 한국 사람들이 거의 본 적 없는 해삼탕면을 만들었는데, 기름기가 많은 국물을 사용한 것이 탈락의 원인이었다.

유도정은 중국에서 온 셰프라 가장 중국 본토의 요리와 가깝다고 할 수 있었지만, 평가하는 사람들이 한국 사람들인지라, 한국인의 입맛에 맞는 요리를 하는 것이 더 중요했던 것이다.

그런 점에서 건반면은 고소한 땅콩 소스와 상큼한 사과까지 들어가서 한국인의 입맛에 아주 딱 맞았다. 호검과 학수는 이 점을 염두에 두고 메뉴를 선정했고, 그 결과 면 요리 대결에서 1등을 할 수 있었다.

주섭과 형일은 도삭면을 만드는 모습으로 눈길을 끌었지만, 그리 특이하지 않은 하얀 짬뽕을 만들었다. 물론 주섭과 형일이 일부러 안전한 메뉴로 선택한 요리였다. 어쨌든 탈락은 하지 않았으니 둘은 만족해했다.

다음 날인 금요일 밤, 호검은 정국과 함께 자신이 1등을 한 수제자 대결을 시청하고 있었다. 정국은 호검의 얼굴이 화면에 나오자 감탄을 하며 말했다.

"이야, 내 친구가 텔레비전에 나오다니. 오래 살고 볼 일이야. 흐흐. 이번엔 수제자 대결이라 첫 방송보다 훨씬 많이 나온다!"

호검도 사실 자신이 텔레비전에 나오고 있다는 것이 신기해서 들뜬 마음으로 방송을 보고 있었다.

"와, 네가 만든 저 튀김 맛본다! 저거 이름이 뭐랬지?"

"멘보샤야."

"화면으로만 봐도 군침 돈다. 황금색 큐브 같아."

연예인과 전문가 패널들의 칭찬 릴레이가 이어지고, 일반인 시식단의 사람들이 맛있게 멘보샤를 먹는 모습이 화면에 비춰졌다. 그리고 잠시 후 마지막 차례인 형일의 홍소두부 시식이 시작되었다.

"저건 맛이 궁금하다. 계란으로 만든 두부라니. 근데 저 김형일이란 사람이 〈아린〉에 원래 부주방장으로 있던 그 사람 맞지?"

"응, 맞아."

"저 사람 그래도 부주방장까지 했는데, 실력이 좋지?"

"응. 아마도?"

정국과 호검이 형일에 대해 이야기를 나누면서 방송을 보고 있는데, 갑자기 호검이 깜짝 놀라 눈이 휘둥그레졌다.

"어? 저 장면……!"

같은 시각, 형일도 집에서 치킨과 맥주를 먹으면서 방송을 보고 있었다. 자신의 홍소두부를 시식하는 장면을 보면서 형일은 조금 아쉽다는 듯 맥주를 들이켰다.

"꺼억. 내 것도 맛있었는데. 에이, 오늘 맥주 좀 쓰네. 쳇."

형일은 맥주를 들이켠 다음 곧바로 닭다리를 하나 집어 들고 뜯기 시작했다. 그러다 고개를 들어 다시 화면을 본 형일은 당황해서 닭다리를 손에서 떨어뜨리고 말았다.

"아니! 뭐야? 저거 분명이 편집해 준댔는데?!"

화면에는 요리전문기자가 홍소두부를 뱉는 장면이 나오고 있었다. 그리고 자막에는 '실수로 계란 껍질이 들어가 버린…….' 이라고까지 나왔다.

형일은 방금 맥주를 마셔서 안 그래도 붉어진 얼굴이 분노로 더 빨개졌다. 그는 씩씩거리며 김 피디에게 전화를 걸었다.

[전화기가 꺼져 있어…….]

"에이! 이 인간이 편집해 준다더니 아주 의도적으로 그랬어!"

형일은 자신의 휴대폰을 침대에 집어 던졌다. 그리고는 맥주를 또 벌컥벌컥 마시기 시작했다. 그는 성질이 나서 그날 만취할 정도로 술을 마시고 뻗어버렸고, 다음 날 지각을 했다.

"죄송합니다. 늦었습니다."

형일이 의기소침해서 주섭에게 말했다. 주섭도 표정이 좋지 않았다.

"후우. 방송 봤어. 그거 편집해 준다고 했다며? 근데 어떻게 된 거야?"

"제 말이요. 제가 2번이나 확인했는데……. 방송 보고 어젯밤에 바로 김 피디님한테 전화 걸었었는데, 꺼져 있더라고요."

그때, 선정이 주방으로 들어왔다.

"어제 계란 껍질 들어간 게 방송됐는데 오늘 홍소두부 많이 나가겠어요? 이미 이렇게 준비를 많이 해놨는데!"

선정은 화가 난 듯 보였다.

"그래도 좀 오지 않을까요……? 그래도 그거 빼고는 맛있다고 했……."

형일이 조심스럽게 선정의 눈치를 보며 말하는데, 선정은 그의 말을 중간에 잘랐다.

"청결이 얼마나 중요한지 몰라요? 그리고 그냥 뭐가 좀 들어간 게 아니라 두부를 만들 때 이미 계란 껍질이 들어가 있으면 빼내고 먹을 수도 없는 노릇이니 사람들이 불안해서 먹으러 오겠냐고요!"

"후우."

주섭은 한숨을 내쉬었고, 형일은 사람이 실수도 할 수 있는데 선정이 너무 뭐라고 하니 기분이 좋지 않았다.

"그냥 한 번 실수한 건데……."

"왜 그 실수를 방송에서 하냐고요. 아니, 그리고, 그런 일이 있었으면 저한테 미리 언질을 주셨어야죠! 전 전혀 모르고 있다가… 이거 계란두부 만들어놓은 거 다 안 나가면 어떻게 해요!"

"음, 그래도 이 정도 양이면 아무리 사람들이 적게 온다고 해도 2~3일이면 소진될 거예요."

주섭이 그래도 형일의 편을 들어주며 선정을 달랬다.

"이따 두고 보죠. 그리고 다음부터는 녹화 중에 특이 사항

있었으면 무조건 저한테 보고하세요! 아셨어요?"

"네……."

형일은 저번 주와 달리 시무룩해서 기어들어 가는 목소리로 대답했다. 형일은 솔직히 선정이 야속했다. 저번 주부터 손님들이 얼마나 늘었는데, 그깟 계란두부 미리 만들어놓은 걸로 이렇게 타박을 하다니.

'쳇. 나중에 내가 1등 하면 두고 보자.'

주방을 나서는 선정의 뒤에서 형일은 입을 삐죽댔다.

선정이 주방을 나가고 나자 주섭은 의외로 담담하게 이미 엎질러진 물인 것을 어쩌겠냐고 형일을 위로했다. 형일은 주섭 덕분에 마음이 조금 풀어졌다.

주섭은 어차피 자신과 함께 방송을 하고 있는데 형일과 사이가 나빠지면 안 되기도 했고, 불편한 관계를 싫어했기 때문에 일단은 형일을 다독여 준 것이었다.

"근데, 김 피디한테는 내가 전화해 봐야겠다. 왜 그랬는지."

주섭이 형일을 다독이다가 불쑥 말을 꺼냈다.

"아니에요. 제가 직접 할게요. 지금 해보고 올게요!"

형일은 얼른 주방 뒷문으로 나가서 김 피디에게 전화를 걸었다. 이번엔 김 피디가 즉각 전화를 받았다.

"김 피디님. 편집 해주신다고 해 놓고 이러시는 법이 어디 있습니까?"

형일이 따지듯 묻자, 김 피디는 얼른 미안하다고 사과했다.

—아, 그게, 내가 분명히 빼라고 했는데, 우리 편집하는 놈이 안 뺐지 뭐예요. 아이고, 미안하게 됐어요. 편집자가 실수한 거니까 좀 이해해 줘요. 사람이 실수도 할 수 있는 거고요… 형일 씨도 그 계란 껍질 나온 것도 실수였잖아요.

김 피디는 얄밉게 계란 껍질을 들먹이며 은근히 형일이 더이상 말을 못 하게 만들었다.

'이 능구렁이!'

형일은 편집자가 그랬다는 걸 확실히 믿을 수는 없었지만, 그렇다고 더 따질 수도 없었다.

—참, 근데 그런 거도 다 마케팅이에요. 노이즈 마케팅! 좋은 거든 나쁜 거든 이슈되면 무조건 좋은 거라니까요. 형일 씨가 오히려 득을 볼 수도 있어요.

"별로 그럴 것 같지는 않은데……. 아무튼 알겠습니다. 다음부터는 편집에 더 신경을 잘 써주세요. 그럼 들어가세요."

형일은 앞으로의 방송도 김 피디에게 달려 있는 거라 하는수 없이 앞으로 잘 부탁드린다고 하고 전화를 끊었다.

"노이즈 마케팅은 개뿔! 시청률에는 좋겠지! 근데 요리사가 청결 문제에서 걸리는 게 어떻게 좋은 일이 될 수가 있냐고!"

형일은 전화를 끊고서 화가 더 나는지 담배를 한 대 피우며 마음을 가라앉힌 후 다시 주방으로 들어갔다.

드디어 점심시간이 되었고, 그래도 〈팔선정〉에는 손님들이 꽤 많이 왔다. 〈팔선정〉의 면장이면서 형일과 동갑내기 친구인 준성은 형일을 대신해 홀을 엿보다가 활짝 웃으며 형일에게 이 소식을 전했다.

"부주! 그래도 평소보다는 많이 왔어. 저번 주보다는 아니지만. 그래도 이 정도면 반응 괜찮은데?"

"휴우. 다행이다."

형일이 안도의 한숨을 내쉬었다. 그리고 곧 주문이 밀려들기 시작했다. 그런데…….

"2번 테이블 해물누룽지탕 셋. 5번 테이블 자장면, 짬뽕, 칠리새우 각 하나씩! 9번 테이블 탕수육 하나, 해물누룽지탕 둘! 14번 테이블 홍소두부 하나, 해물누룽지탕 둘!"

미리 잔뜩 준비해 둔 홍소두부 주문은 별로 없었다.

"하아, 참. 아니, 이게……."

형일은 황당하기도 하고 짜증도 나서 헛웃음이 나왔다.

"그래도 사람들 많이 왔으니까 다행이잖아. 사장님도 일단 손님은 좀 왔으니까 뭐라고 안 할 거야. 홍소두부는 차차 팔리겠지."

주섭은 신경 쓰지 말고 그냥 주문 들어오는 거나 열심히 만들라고 했다.

같은 시각.

〈아린〉은 손님들로 인산인해를 이루고 있었다.

한번 저번 주의 혼란을 겪어본 호검과 학수는 이미 오늘 일을 예상하고 어제 만터우도 많이 만들어두고, 주재료인 새우도 많이 주문해 두었다. 그리고 아침부터 주방에 함께 내려가서 새우 껍질 까는 것도 돕고, 만터우 빵도 잘라놓는 등 미리 많은 손님을 받을 준비를 해두었기에 쉴 새 없이 들어오는 멘보샤 주문을 다 커버하고 있었다.

"23번, 13번, 5번, 7번, 6번 다 멘보샤 둘씩이요! 그냥 계속 멘보샤는 만들고 계시면 될 것 같은데요? 하하."

재석이 주문서를 읽다가 학수와 호검에게 말했다.

"그건 그래요. 그냥 계속 만드시면 이거 접시에만 담아서 가져가면 될 것 같아요."

완성된 멘보샤를 가지러 주방으로 들어왔던 예슬이 재석의 말에 동의 의사를 표하더니 멘보샤 다섯 접시를 한 번에 가지고 나갔다.

"그래. 우리가 계속 만들어낼 테니까, 재석이 네가 주문서 잘 확인해서 내보내. 알겠지?"

"네!"

재석이 믿음직한 목소리로 대답했다. 그런데 잠시 후, 예슬이 주방으로 다시 들어오더니 갑자기 학수에게 물었다.

"저, 사장님! 저희 홍소두부 만들 수 있어요?"

"응? 홍소두부는 갑자기 왜?"

"어떤 손님이 〈팔선정〉에는 메뉴가 있는데 왜 여기는 없냐면서, 여기 홍소두부 맛을 보고 싶으시다고 하셔서요. 어제 방송에서 부주가, 아, 그러니까 전 부주인 형일 씨요. 형일 씨가 홍소두부를 만들었었잖아요. 그래서 찾으시나 봐요."

그러자 식사장이 불쑥 끼어들어 말했다.

"그럼 홍소두부 메뉴 있는 〈팔선정〉 가서 먹으면 되잖아?"

"그 계란 껍질 나온 것 때문에 〈팔선정〉은 믿음이 안 간대요. 이럴 때 홍소두부 맛있게 딱 해서 내놓으면 우리가 그 메뉴 가져오는 건데! 근데 참, 천 셰프님도 계란두부로 홍소두부 만드세요? 그것도 물어보던데."

예슬의 말에 호검이 멘보샤를 튀기다가 불쑥 말이 튀어나왔다.

"당연하죠. 그거 원래 천 셰프님 레시피인데……."

호검이 말을 해버리고는 아차 싶었는지 학수의 눈치를 보았다.

"네? 정말요? 그럼 계란두부로 만든 홍소두부 만드실 수 있는 거죠?"

예슬이 화색을 띠며 물었고, 학수는 잠시 뜸을 들이다가 말문을 열었다.

"튀김장! 여기 호검이 도와서 멘보샤 좀 튀겨줘. 그리고 현우는 계란 좀 가져와. 용식이가 주문서 확인하고, 재석이는 나 좀 도와줘."

"그럼, 홍소두부 된다고 저 말하러 가요? 네?"

"어. 된다고 해."

학수가 허락하자 예슬이 좋아하며 홀로 나갔다.

그런데 곧 홀에서 시끄러운 고함 소리가 들려왔다.

"무슨 소리지?"

"손님들이 뭐라고 소리치는 거야?"

주방 식구들은 무슨 일이 났나 싶어 수군거리고 있었는데, 곧 예슬이 난감한 표정으로 주방으로 뛰어 들어왔다.

"왜? 왜 그래? 무슨 일이야?"

식사장이 예슬에게 물었다. 다른 주방 식구들도 하던 일을 멈추고 예슬을 쳐다보고 있었다.

"아, 그게, 호검 씨랑 사장님 좀 불러달라고 막 그러셔서요. 인사 좀 하고 싶다고요."

"나랑 호검이?"

학수가 놀란 눈으로 물었다.

"네. 그게요, 홍소두부를 사장님이 만드실 수 있다고 해 드 린다니까, 옆에서 그 말을 들은 다른 손님이 사장님 계시면 좀 뵙고 싶다고 그러셨는데, 그걸 또 옆에 사람들이 듣고서… 저렇게 연호를 하네요. 불러달라고. 제가 지금 요리하시느라 바쁘다고 했는데도 말이에요."

호검도 가만히 밖에서 외치는 소리를 들어보니 '강! 호! 검! 천! 학! 수!'라고 소리치고 있는 것 같았다.

"어쩌죠?"

호검이 학수에게 물었다. 그러자 학수는 잠시 뜸을 들이더니 답했다.

"그냥 얼굴 한번 보여주지 뭐. 안 그럼 계속 저럴 거 아냐. 호검아, 가자!"

학수는 조리복을 툭툭 털더니 옷매무새를 단정히 했다. 호검은 얼떨결에 학수가 하는 모션을 옆에서 그대로 따라했다.

"황 매니저, 어때?"

학수가 자신의 모습이 단정한지 예슬에게 물었다. 그러자 예슬은 활짝 웃으며 두 손으로 엄지손가락을 치켜들어 보였다.

"멋지세요! 호검 씨도 멋져! 가요!"

예슬은 앞장서서 주방을 나섰고, 학수와 호검이 그 뒤를 따랐다. 학수와 호검이 홀에 모습을 드러내자, 사람들은 박수를 치며 환호성을 질렀다.

"와! 천 셰프님이다! 강 셰프님도 있어!"

"강 셰프님! 너무 멋지세요!"

"천 셰프님! 요리 너무 맛있어요!"

밖에서 줄 서서 기다리고 있던 사람들도 안쪽을 들여다보려고 문 쪽으로 모여들었다.

학수는 웃으며 손님들에게 인사를 했고, 호검도 학수가 하는 대로 따라 인사했다.

"안녕하세요. 〈아린〉의 사장이자 주방장인 천학수입니다. 이쪽은 제 수제자 강호검이고요."

"안녕하세요, 강호검입니다."

학수와 호검이 인사를 하자 손님들은 박수로 환대했고, 곧 학수의 말을 듣기 위해 쥐 죽은 듯 조용해졌다.

"이렇게 〈아린〉을 찾아주셔서 감사드립니다. 제가 직접 요리를 하고 있기 때문에 매번 홀에 나와 인사드리지 못하는 것을 너그러이 이해해 주시면 감사하겠습니다. 그럼 음식 맛있게 드시고요, 전 다시 요리를 하러 들어가 보겠습니다. 아, 호검아, 너도 한마디 해."

"어……. 멘보샤 맛있게 만들어 드릴 테니까 맛있게 드세요. 아, 그리고 〈대결! 요리천하〉도 많이 봐주세요. 감사합니다!"

학수와 호검은 간단히 얼굴을 비추고 다시 주방으로 들어왔고, 손님들은 잠깐이었지만 그들을 봐서 좋아했다.

그리고 잠시 후, 학수의 홍소두부 요리가 주문한 손님들에게 서빙되었다. 예슬은 그 손님들의 반응을 보기 위해 그의 옆에 잠시 서 있었다.

"와, 맛있어 보이네요! 이거 계란으로 만든 두부 맞죠?"

"그럼요. 저희 천 사장님께서도 계란으로 두부를 만들어서 홍소두부를 만드신 답니다."

손님들은 얼른 젓가락을 들어 홍소두부를 맛보았다.

"으으음! 이야! 기가 막힌 맛이에요!"

"멘보샤는 바삭하고 탱글한 느낌이라면, 이건 쫄깃하고 부드러운 그런 느낌이네!"

"맞아! 두 메뉴가 되게 반대의 느낌인데 둘 다 너무 맛있어요!"

예슬은 그들의 반응에 속으로 쾌재를 불렀다.

'좋았어! 이거 우리 〈아린〉에서 인터셉트한다!'

그들은 홍소두부를 게 눈 감추듯 먹어치웠고, 옆 테이블 사람들도 그들에게 나온 홍소두부 메뉴를 보고 몇몇이 홍소두부를 추가로 주문했다.

역시 사람들의 반응은 굉장히 좋았고, 그날 점심에 홍소두부는 꽤 많이 나갔다. 물론 멘보샤는 홍소두부보다 훨씬 더 많이 나갔다.

브레이크 타임이 되자, 예슬이 쉬고 있는 학수에게 쪼르르 달려와 물었다.

"사장님! 우리 메뉴판에 아예 홍소두부 넣는 게 어때요?"

"흠. 그거 계란두부 만드는 게 힘든데……."

학수는 생각에 잠겼다. 사실 그전에 홍소두부 레시피는 비밀이었기에 메뉴에 추가하지 않은 것이었다. 비밀이니 학수와 형일만 그 메뉴를 만들 수 있었고, 그래서 메뉴판에 추가하기가 곤란했다. 하지만 형일이 방송에서 계란으로 두부를 만든다고 공개를 해버렸으니 이젠 그다지 홍소두부 만드는 법이 비밀일 것도 없었다.

"지금 얼른 메뉴판에 추가해요! 이렇게 멘보샤 바로 옆에 홍소두부를 써놓으면 저녁 타임에 호검 씨의 멘보샤를 드시러 오는 사람들의 눈에 딱 띄니까, 그럼 분명히 다들 홍소두부도 시킬 거예요!"

예슬은 전략적으로도 머리가 잘 돌아갔다. 예슬은 학수가 아직도 확답을 하지 않자, 호검에게 물었다.

"호검 씨 생각은 어때요?"

"음, 저도 홍소두부를 메뉴에 넣을 거면 지금이 적기라고 생각해요."

"그죠? 호호. 호검 씨 생각도 그렇다잖아요, 사장님. 지금이 적기라니까요!"

결국 학수는 이왕 이렇게 된 거 홍소두부를 〈아린〉의 메뉴에 추가시키기로 했다. 예슬은 신이 나서 벽에 붙어 있는 메뉴판에 자신이 직접 '계란두부로 만든 홍소두부'라고 적어 넣었다. '멘보샤' 바로 옆에 말이다.

그리고 그날 저녁, 예슬의 추측대로 손님들은 멘보샤는 기본으로 주문하고, 그 옆에 적힌 홍소두부를 보고는 덤으로 홍소두부까지 주문했다. 손님들은 스승과 제자 모두 한 번씩 1등을 한 요리사들이 요리를 만드는 집이니 다른 요리사가 만들었던 메뉴임에도 확신을 가지고 홍소두부를 주문한 것이다.

"와, 난 텔레비전에서 시식하는 사람들이 말하는 건 과장이 좀 섞여 있다고 생각했었는데, 이건 진짜야! 멘보샤 맛이 기가 막혀!"

"계란두부는 이런 맛이구나. 홍소두부도 정말 맛있는데? 여기서도 홍소두부를 파니 다행이야."

곧 〈아린〉을 다녀간 사람들의 입소문을 타고 〈아린〉에서도 계란두부로 홍소두부를 만든다는 것이 퍼져 나갔고, 그 맛 또한 기가 막힌다고 소문이 났다.

사람들은 오리춘빙과 멘보샤, 홍소두부. 이렇게 맛이 궁금한 세 가지 메뉴를 한곳에서 맛볼 수 있으니 〈대결! 요리천하〉에 나온 셰프들의 식당 중에 어딜 갈까 고민하는 사람들은 당연히 1순위로 〈아린〉을 찾아갔다.

이리하여, 계란두부로 만든 홍소두부는 형일이 소개했지만, 거의 〈아린〉의 대표 메뉴가 되어버렸다.

한편 이 소식을 들은 〈팔선정〉의 형일은 속이 타들어갔다.

'아, 미치겠네! 죽 쒀서 개 줬다, 진짜!'

〈팔선정〉에 홍소두부를 먹으러 오는 사람들은 점점 줄어들고 있었으니 선정도 화가 나서 형일에게 화풀이를 했다.

"아니, 죽 쒀서 개 주는 것도 아니고! 이게 다 그 계란 껍질 때문이잖아요!"

선정이 더 화가 난 이유는 홍소두부는 원래 형일이 〈팔선정〉에 오기 전에 아예 메뉴에 추가되어 잘 팔리고 있던 요리였다. 그런데 형일이 괜히 텔레비전에서 그걸 요리하다가 계란 껍질이 나오는 바람에 오히려 홍소두부 매출이 그전보다 떨어져 버렸던 것이다. 게다가 그 기회를 틈타 〈아린〉에서 홍소두부를 출시해 버렸으니, 앞으로는 홍소두부가 더 안 팔릴 것이 자명했다.

"안 셰프님, 이거 어떻게 회복 좀 하게 해주세요. 아셨죠?"

선정은 안주섭에게 부탁했다. 그녀의 말은 〈대결! 요리천하〉에서 뭔가 임팩트를 보여서 손님들이 더 많이 찾아올 수 있도록 해달라는 뜻이었다.

"알겠어요. 열심히 해보죠."

형일도 자존심이 상할 대로 상해서 주먹을 꽉 쥐었다.

'그래. 두고 보자. 마지막에 웃는 자가 진짜 웃는 거지.'

*　　　　*　　　　*

〈대결! 요리천하〉의 5화 녹화에서는 이변이 일어났다. 결승까지 갈 거라고 예상됐던 서일주 셰프팀이 탈락한 것이다. 그리고 장경태 셰프팀이 1등을 거머쥐며 다크호스로 떠올랐다. 안주섭과 형일은 운 좋게도 살아남았다.

5화 녹화 다음 날 방송된 〈대결! 요리천하〉의 3화는 2화 수제자전 덕분인지 시청률이 더 올라서 10프로를 바라보고 있었다. 김 피디는 날로 올라가는 시청률에 신이 났고, 그건 참가한 셰프들도 마찬가지였다. 오르는 시청률만큼 각 셰프들의 식당에는 손님들이 점점 더 많아지고 있었기 때문이다.

〈팔선정〉도 아주 많이는 아니어도 조금씩 손님들은 늘어가고 있었다.

백성용 셰프는 3화에서 가장 먼저 탈락하긴 했지만, 식당도 잘되었고, 다른 프로그램의 섭외 전화를 많이 받아서 별로 아쉬워하지 않았다.

또 바쁜 한 주가 지나고 6화 녹화가 시작되었다. 앞선 3, 4, 5화에서 백성용 셰프팀, 유도정 셰프팀, 서일주 셰프팀이 탈락했기 때문에 이제 남은 팀은 장경태 셰프팀, 안주섭 셰프팀,

그리고 천학수 셰프팀이었다.

이제 세 팀만이 남아서 총 6개의 조리대가 있던 세트장의 2층의 불은 꺼져 있었고, 아래층 3개의 조리대에만 조명이 환히 비추고 있었다. 5화에서 1등을 한 장경태가 가장 가운데에 자리를 잡았고, 그의 양옆으로 안주섭과 천학수가 자리를 잡았다.

"떠오르는 다크호스 장경태 셰프팀과 처음부터 우승 후보로 점쳐진 천학수 셰프팀! 그리고 마지막으로 집념과 끈기의 안주섭 셰프팀! 오늘 대결도 기대해 주십시오! 자, 그럼 오늘의 주제, 공개하겠습니다!"

아나운서 박중건의 말이 끝나기가 무섭게 주제가 적힌 기다란 족자 같은 것이 펼쳐졌다.

[복을 담은 음식, 최고의 만두를 만들어라!]

주제가 공개되자 방청객들의 박수가 터져 나왔고, 중건이 주제에 대한 설명을 이어갔다.

"중국에서 만두는 복을 담은 요리라고 합니다. 만두피 속에 이것저것 맛있는 것들이 함께 담겨 있어서 그렇겠지요. 중국의 만두는 매우 다양합니다. 오늘 그 다양한 만두를 맛보실 수 있을 겁니다. 기대되시죠?"

"네!"

시식단은 중건의 물음에 소리 높여 답했다.

"우리나라 사람들이 주로 생각하는 만두는 교자 만두로 자오쯔[餃子]라고 하는데, 얇게 민 밀가루 피 속에 고기와 야채를 넣고 만든 것이죠. 또한 빠오쯔[包子]라고 발효한 밀가루 반죽 안에 고기소를 넣어 찜통에 쪄내는 찐빵 같은 모양의 만두도 있죠. 마지막으로 밀전병에 고기와 야채 등을 넣어 돌돌 말아 튀겨낸 춘권[春卷]이 있습니다. 자, 그럼 각 팀들은 이 중에 어떤 만두를 보여주실지 여쭤볼까요?"

카메라맨은 가장 먼저 안주섭을 클로즈업해서 잡았고, 그가 입을 열었다.

"저희는 거우부리빠오쯔[狗不理包子]를 선보이겠습니다!"

"빠오쯔라고 하셨으니까 찐빵 같은 만두를 말씀하시는 걸 텐데요, 거우부리는 뭔가요?"

중건이 묻자, 이번엔 형일이 설명했다.

"이 빠오쯔는 톈진 사람인 고귀우(高贵友)라는 사람이 처음 만들었는데요, 그 사람 별명이 거우부리였대요. 그래서 거우부리빠오쯔라고 하는데, 톈진에 가면 꼭 이걸 드셔보셔야 할 정도로 유명한 톈진의 명물이랍니다."

"와, 그럼 오늘 저희는 톈진에 가지 않고도 톈진의 명물을 맛볼 수 있는 것이군요! 하하하. 아주 기대됩니다! 다음으로, 5화 우승자이신 장경태 셰프님?"

카메라가 장경태에게로 넘어갔다.

"저희는 복주머니 새우샤오마이를 만들겠습니다."

"오, 복주머니라! 모양이 복주머니 모양인 건가요?"

"맞습니다."

장경태는 원래 말수가 적은 편이라 짧게 대답했고, 그걸 아는 중건도 질문을 더 하지 않고 천학수에게로 넘어갔다.

"모양도 아주 예쁘겠네요. 기대하겠습니다. 그럼 천학수 셰프님은 뭘 준비하셨나요?"

방청객들은 초롱초롱한 눈빛으로 천학수를 쳐다보았고 천학수가 말문을 열었다.

"저희는 그냥 춘권을 만들 겁니다."

평범한 춘권이라는 말에 시식단이 조금 실망했는지 고개를 갸웃거렸다.

*　　　*　　　*

"그냥 일반 춘권 말씀이세요? 특별한 이름 없습니까?"

중건이 준결승이나 다름없는 대결인데 너무 평범한 요리를 하는 것이 아닌가 싶어 다시 물었다. 하지만 학수는 춘권이 춘권이지 무슨 말이 더 필요하겠냐는 입장이었다.

"네. 뭐 다른 설명을 붙일 게 딱히 없어서… 그냥 춘권입니다."

중건은 순간적으로 좋은 생각이 떠올랐다.

"아, 그럼 이건 어떨까요? 시식을 해보고 시식단에서 이름을 지어주는 거예요. 괜찮을까요, 천 셰프님?"

"네, 괜찮습니다. 그렇게 하죠."

학수는 흔쾌히 승낙했고, 시식단도 자신들이 이름을 지어줄 수 있다니 좋아하는 것 같았다. 그리고 곧, 만두 요리 대결이 시작되었다.

세 팀의 만두는 전부 만드는 법도, 모양도 다 달랐다.

안주섭 셰프팀이 만드는 거우부리빠오쯔는 동글동글한 형태였는데 윗면에 주름을 국화꽃 모양으로 만드는 만두였다.

안주섭과 수제자 김형일은 빠오쯔는 만두피로 숙성시킨 밀가루 반죽을 사용하기 때문에 가장 먼저 밀가루 반죽을 해서 숙성을 시켜놓은 다음 안에 들어갈 만두소를 만들기 시작했다. 만두소에는 돼지고기, 부추, 양배추, 표고버섯, 대파 등이 잘게 다져져서 들어가기 때문에 주섭과 형일은 다그닥거리는 소리를 내며 재료들을 다졌다.

장경태 셰프팀의 복주머니 새우샤오마이는 이름 그대로 새우가 주재료인 만두였는데, 이들은 새우와 애호박, 돼지고기, 죽순, 대파 등을 다져서 소를 먼저 만들었다. 그리고 이어 만두피를 만들기 시작했는데, 색다른 점은 만두피를 밀가루가 아닌 전분으로 만든다는 점이었다. 장경태와 수제자 고윤석은 전분을 끓는 물로 익반죽해서 만든 피를 밀대가 아니라 중식 도로 쓱쓱 밀어 얇은 피를 만들어냈다.

방청객들은 중식도로 피를 만드는 건 처음 보는지라 그 모습을 호기심 가득한 눈빛으로 쳐다보았다.

"장경태 셰프팀은 지금 중식도로 피를 얇게 만들고 계신데요, 신기합니다! 게다가 전분으로 만든 피라서 약간 투명하고 쫀득해 보이네요!"

중건도 신기하다고 말했지만, 장경태와 고윤석은 아무 반응 없이 묵묵히 중식도로 피 만들기에 집중하고 있었다.

중건이 이번엔 천학수 쪽으로 시선을 돌렸다.

"지금 한 손으로 반죽을 하시는 건가요? 근데 반죽이 좀 질어 보이는데……."

학수는 중건의 말대로 조금 질척해 보이는 커다란 밀가루 반죽을 쫄깃한 찰기와 오른 손목의 스냅만을 이용해 허공에서 주물럭대며 돌리고 있었다. 그리고 동시에 그는 웍이 아닌 일반 프라이팬을 달구고 있었다.

그때, 호검도 오른손으로 반죽을 돌리며 학수의 옆에 자리를 잡았다.

"오, 동시에 두 분이 뭘 하시려나 봅니다!"

중건의 말에 방청객들이 모두 천학수와 호검을 쳐다보았다.

학수와 호검은 프라이팬 위에 왼손을 스윽 가져다 대서 온도를 확인하는 듯했다.

"오케이. 가자!"

학수와 호검은 서로 눈짓을 주고받고는 동시에 오른손의 커다란 반죽을 프라이팬 면에 착 붙이더니 꾹꾹 뭉개주고는 다시 떼어내었다. 그러자 팬에는 밀가루 반죽이 얇게 붙어 있었고, 그게 다 익자 자연스럽게 떨어지며 종잇장처럼 얇은 춘권피가 완성되었다.

방청석에서는 감탄사가 터져 나왔다.

"와!"

"신기해!"

중건도 눈이 휘둥그레져서 말을 막 뱉어냈다.

"와! 그게 춘권피로군요! 괜히 질척하게 반죽하신 게 아니었네요. 역시 계산된 반죽이었어요. 이것도 신기하네요! 오늘 세 팀 다 신기한 만두를 만들어주고 계십니다! 하하하."

학수와 호검은 나란히 서서 춘권피를 계속해서 만들어냈고, 중간중간 손에 든 밀가루 반죽을 손으로 계속 돌려주었다. 약 50개의 춘권피를 다 만들고 난 학수와 호검은 이제 춘권소를 만들기 시작했다.

학수와 호검의 춘권 안에 들어가는 재료는 소고기, 당근, 새송이버섯, 숙주나물, 양파 등이었는데, 호검이 모두 채를 썰어 학수에게 넘기니, 학수가 웍에 넣고 두반장과 굴소스로 간을 하면서 함께 볶아주었다.

천학수 셰프팀이 춘권소를 볶을 즈음 안주섭 셰프팀은 만두를 빚고 있었다. 국화 모양의 동그랗고 새하얀 만두는 정말 하얀 국화꽃 같았다.

"만두가 너무 예쁘네요!"

중건의 말에 카메라맨이 주섭과 형일의 빠오쯔를 클로즈업했고, 방청객들도 예쁘다며 감탄했다.

그사이 장경태와 고윤석은 전분피 안에 새우소를 넣어 별 모양 없이 동그랗게 만들어서 찜기에 찌고 있었다.

"장경태 셰프팀은 복주머니 모양을 만드시는 거 아니었나요? 아까 보니 샤오마이를 그냥 동그랗게 만드시던데? 그럼 복주머니는요?"

"지금 만들 겁니다. 복주머니."

장경태와 고윤석은 갑자기 계란 한 판을 가져왔다. 그러고는 계란을 깨서 흰자와 노른자를 분리하기 시작했다.

"이걸로 복주머니를 만드신다고요?"

"네, 보시면 압니다."

중건은 의아해하면서도 카메라맨에게 장경태 셰프팀을 계속 촬영하라고 눈짓했다.

계란흰자를 다 푼 장경태는 웍에 기름을 살짝 둘러 기름 코팅을 했다. 그러고는 흰자물을 슥 돌려 부어 지단을 만들었다.

"웍에다가 지단을 부치시다니, 대단하십니다. 근데 이걸 어떻게 떼어내나요?"

중건은 궁금증을 참지 못하고 또 물었다. 하지만 장경태는 오로지 이 흰자 지단을 만드는 데 온 신경을 집중하고 있어서 대답하지 않았고, 그저 행동으로 보여줄 뿐이었다.

그는 튀김을 건져내는 둥근 채로 지단을 받친 채 웍을 홱 뒤집었다. 그러자 지단은 살포시 떨어져 둥근 채에 안착했다. 그리고 그와 동시에 방청석에서는 환호성이 터져 나왔다.

"와!"

"아, 이렇게 하시는군요! 오늘 아주 구경할 게 많네요. 하하하."

장경태는 이어서 계속 지단을 만들었고, 새우샤오마이가 다 쪄지자, 옆에서 고윤석이 지단 안에 새우샤오마이를 넣고 부추를 끈 삼아 주머니를 묶기 시작했다.

"아하! 이렇게! 이거 손이 많이 가는 요리네요. 그만큼 맛도 있어 보이고요!"

이후로 셰프들은 다들 반복적인 행동만을 하고 있었다. 안주섭 셰프팀은 국화 모양의 만두를 빚고, 장경태 셰프팀은 흰자지단으로 새우샤오마이를 싸고, 천학수 셰프팀은 춘권피에 소를 넣어 돌돌 말고 있었다.

그렇게 시간이 흘러 마지막 10분이 남았다. 중건이 이제 각 조리대를 돌며 마무리하는 셰프들에게 짧게 질문했다.

"자, 어디 봅시다. 안주섭 셰프팀은 할 일이 이제 없으신가 봐요?"

"네, 저희는 곧 국화 모양의 빠오쯔를 꺼내서 접시에 담기만 하면 됩니다."

안주섭이 여유로운 미소로 대답했다.

"장경태 셰프팀은 아직 복주머니를 만들고 계시고요. 아직 좀 남았네요. 그리고……"

카메라는 천학수 셰프팀으로 넘어갔다.

"천학수 셰프팀은 이제 춘권을 튀기기만 하면 완성인 거죠?"

"네."

중건이 춘권을 튀기고 있는 학수와 호검에게 물었고, 학수는 고개를 끄덕였다.

"뭐, 다들 시간 초과가 되진 않겠네요. 거의 다 완성이 되었어요. 정말 다 맛이 궁금합니다. 너무 다른 만두들이라 색다른 맛이 날 것 같아요. 기대됩니다!"

잠시 후, 드디어 세 팀의 만두가 모두 완성이 되었다. 그리고 시식단의 각 테이블에는 세 팀의 세 가지 만두가 놓였다.

"자, 그럼 가장 먼저 완성된 안주섭 셰프팀의 거우부리빠오쯔부터 시식을 해볼까요?"

중건이 먼저 젓가락을 들자, 시식단도 군침을 흘리며 하나둘씩 젓가락을 들었다.

주섭과 형일은 긴장한 표정으로 시식단을 둘러보았다. 맛을 본 시식단들 여기저기서 감탄사가 흘러나왔다.

"으음!"

"오!"

"와!"

그리고 연예인 패널들이 한 마디씩 하기 시작했다.

"돼지고기의 육즙이 입안에 쫙 퍼지는 게 정말 맛있네요!"

"요 곁의 피는 빵처럼 포슬포슬하면서 부드러워요."

주섭과 형일은 좋은 평가들이 나오자 그제야 표정을 펴며 안도했다.

"이거 하나만 먹어도 배부르겠는데요? 속도 꽉 차 있고, 크기도 꽤 크고요. 무엇보다 맛있습니다. 하하하."

중건도 웃으며 한마디 했고, 다음 차례인 학수와 호검의 춘권으로 시식이 이어졌다.

"자, 이 춘권은 드셔보시고 이름을 정해주셔야 해요. 아시죠? 다들 시식하시면서 속으로 어떤 이름이 좋을지 한번 생각해 보세요. 자 그럼, 시식하겠습니다."

시식단은 방금 맛본 부드러운 빠오쯔와는 정반대의 식감을

가진 바삭한 춘권을 먹기 시작했다. 여기저기서 바삭한 소리
와 함께 감탄이 터져 나왔다.

"와, 이거!"

"진짜 맛있다!"

연예인과 전문가 패널들도 너 나 할 것 없이 바삭한 춘권을
게 눈 감추듯 다 먹어치우고는 입을 열었다.

"바삭한 춘권피 속에 쫄깃한 버섯과 소고기, 그리고 아삭한
야채까지. 정말 맛있었습니다!"

"이거 여러 가지 맛이 환상적으로 조화를 이뤄서 막 기분이
좋아지네요!"

"또 먹고 싶은데요, 이거!"

학수와 호검은 만족스럽게 미소를 지었고, 중건은 이 춘권
의 이름을 공모했다.

"자, 이 바삭하고 기막힌 맛의 춘권 이름 뭐가 좋을까요?"

"음, 기막힌 춘권 어때요? 호호."

한 개그우먼 패널이 말했다.

"환상춘권 어떻습니까? 제가 먹어보니 환상적인 맛이었거든
요."

한 전문가 패널이 대뜸 말했고, 일반인 시식단에서는 박수
와 환호성이 나왔다.

"오! 괜찮은데요? 환상춘권! 여러분, 마음에 드십니까?"

"네!"

"천 셰프님과 강 셰프님 생각은 어떠세요? 이름으로 괜찮을까요?"

학수는 호검을 쳐다보고 서로 고개를 끄덕였다.

"좋습니다. 마음에 들어요. 하하하."

"자, 그럼, 방금 여러분이 드셔보신 건 천학수 셰프팀의 환상춘권이었습니다. 이제 마지막 복주머니 새우샤오마이 시식을 해볼까요?"

다음으로 장경태 셰프팀의 복주머니 새우샤오마이 시식이 이어졌다. 시식이 시작되는데도 장경태나 고윤석이나 그 스승에 그 제자라고 긴장이 별로 안 되는지 표정 변화가 없었다.

복주머니 새우샤오마이를 맛본 사람들은 이번에도 역시 감탄하며 칭찬했다.

"와! 이건 또 다른 맛이에요. 부드러운 계란 지단 안에 쫄깃한 피, 그리고 그 안에는 탱글한 새우와 채소들이 들었어요. 이것도 맛있어요. 어떡하죠?"

한 연예인 패널은 다 너무 맛있어서 어떤 걸 골라야 할지 모르겠다는 듯 울상을 지었다.

"정말 세 가지가 너무 다른 맛과 매력이 있어서 어떤 걸 투표해야 할지 정말 고민되네요."

중건도 힘든 결정이 될 것 같다며 걱정을 했다.

"이거 큰일 났습니다. 이건 고문이에요. 이 중에 하나를 고르는다는 건요!"

지금은 세 팀밖에 남아 있지 않기 때문에 가장 맛있는 요리 단 하나에만 투표를 하는 것으로 룰이 변경되었다. 그러니 더 고민이 되는 시식단이었다.

모든 시식이 끝나자, 중건은 투표 시작을 알렸다.

"그래도 결정은 해야 합니다. 돼지고기소를 넣은 거우부리 빠오쯔, 새우소를 넣은 복주머니 새우샤오마이, 소고기와 채소소를 넣은 환상춘권. 이 세 가지 대단한 요리 중에 하나에 투표해 주십시오. 자, 그럼 지금 눌러주세요!"

투표가 끝나고 잠시 휴식 시간이 주어졌다. 시식단들은 모여서 서로 어디에 투표를 했는지 얘기하고 있었다. 다른 셰프들은 잠시 앉아서 쉬고 있었는데, 형일은 슬쩍 그들 사이를 오가며 이야기를 엿들었다.

"난, 환상춘권이 제일 맛있었어."

"난 셋 다 맛있어서 정말 고르기 힘들었는데, 개인적으로 새우를 좋아해서 장경태 셰프님 걸 골랐지."

"난 돼지고기 육즙이 터져 나오는 빠오쯔에 투표했는데. 그거 되게 맛있지 않았어?"

형일은 빠오쯔가 맛있었다는 한 남자의 말에 씨익 웃었다. 그런데 그 옆의 여자가 살짝 고개를 갸웃하더니 말했다.

"음, 난 사실 돼지고기 육즙이 별로였는데. 그거 살짝 호불호 갈릴 맛 같았어. 난 담백한 맛을 좋아하거든. 그래서 새우 샤오마이에 투표했어."

"그런가? 근데 내 옆의 남자도 빠오쯔에 투표하는 거 같던데? 남자들이 좋아하는 맛인가, 그럼?"

형일은 그들의 이야기를 괜히 엿들었다는 생각이 들었다.

'에이. 괜히 더 심란하잖아. 결과만 그냥 듣는 편이 나을 걸 그랬어.'

잠시 후, 스텝 하나가 녹화 재개를 알리며 중건에게 결과가 적힌 종이를 건넸다.

"자, 이제 다시 녹화 시작하겠습니다! 중건 씨, 여기요. 바로 발표로 들어가 주세요."

중건은 무대 한가운데로 올라가 입을 열었다.

"1등 먼저 발표하고, 이어서 탈락 팀을 발표하겠습니다. 음, 1등은… 이번 화는 특이하게 조명 감독님이 1등을 발표해 주시겠습니다. 조명 감독님, 1등에게만 조명을 비춰주세요!"

중건의 말에 조명이 이리저리 정신없이 돌아가기 시작했다.

'으, 이러니까 더 떨리잖아.'

호검은 속으로 은근히 떨고 있었다. 솔직히 다 다른 맛의 요리는 정말 개인의 취향이 선택에 많이 반영되기 때문에 결과를 예측할 수 없다. 그러니 이건 시식단에 어떤 취향의 사람들이 더 많냐에 좌우되는 것이었다.

조명은 정신없이 움직이다가 결국 멈춘 곳은 바로 학수와 호검의 머리 위였다.

"환상춘권! 오늘 대결의 우승자는 바로 환상춘권을 만든 천학수 셰프팀입니다!"

시식단에서는 1등을 축하하는 박수갈채가 쏟아졌다.

"감사합니다."

학수와 호검은 함박웃음을 지으며 감사 인사를 했고, 나머지 두 팀은 얼음처럼 굳어졌다.

이제 남은 두 팀 중 한 팀이 탈락인 것이다.

형일은 속으로 조마조마 했다.

'결승전까지 가서 천학수와 강호검을 팍 눌러줘야 하는데, 여기서 탈락할 순 없어! 제발!'

탈락 역시 조명 감독의 손으로 발표가 되었다.

"자, 그럼 일단 천 셰프님과 강 셰프님은 저쪽으로 가서 편히 앉아 계시고요. 이제 아쉽게 탈락한 팀을 발표하겠습니다. 이번에는 조명이 꺼지는 팀이 탈락입니다."

중건의 말이 끝나자, 두 팀에 각각 조명이 비춰졌다. 눈부신 조명 아래서 두 팀은 눈을 꼭 감고 결과를 기다렸다.

＊   ＊   ＊

"제가 하나, 둘, 셋 하면 탈락 팀의 조명을 꺼주세요. 자, 그럼 발표하겠습니다. 탈락 팀은, 하나, 둘, 셋!"

중건이 호령하자 드디어 한쪽 불이 꺼졌다.

"하아."

방청석에서는 놀라움의 탄식과 안타까움의 탄식 소리가 함께 터져 나왔다.

중건도 안타까운 표정을 지으며 말문을 열었다.

"아쉽습니다. 탈락 팀은 안주섭 셰프팀이었군요. 그래도 수고 많으셨습니다."

장경태와 고윤석은 손을 가슴에 대고 안도하고 있었고, 안주섭과 김형일은 믿을 수 없다는 듯 어쩔 줄 몰라 하고 있었다.

"자, 탈락하셨지만 정말 맛있는 요리였습니다. 안주섭 셰프님, 김형일 셰프님 이쪽으로 와주시겠어요?"

안주섭은 곧 정신을 차리고 중건이 부르는 대로 앞으로 나아갔는데, 형일은 차마 발길이 안 떨어지는지 멍하니 석상처럼 굳어서 서 있었다. 먼저 앞으로 나가던 주섭은 다시 돌아와 형일을 끌고 다시 중건의 옆으로 왔다.

"아휴, 김형일 셰프님, 충격이 크셨나 봅니다. 여기까지 올라오신 것만 해도 정말 대단하신 겁니다. 너무 실망 마세요. 이미 두 분은 최고의 셰프십니다."

중건은 방청객의 박수를 유도했고, 방청객들은 주섭과 형일에게 위로의 박수를 보냈다.

"그럼 안주섭 셰프님의 한 말씀 들어볼까요?"

"정말 좋은 경험이었습니다. 신나고 재밌었습니다. 제가 여기 스승들 중에 최고령자인데, 여기까지 올라온 것만 해도 스스로가 자랑스럽네요. 그동안 저희 요리를 좋아해 주시고 저희를 응원해 주신 많은 분들에게 감사드립니다."

안주섭이 꾸벅 인사를 하자, 중건이 시식단을 대표해서 감사 인사를 전했다.

"저희는 정말 맛있는 중국 요리를 맛볼 수 있어서 너무 감사했습니다. 김형일 셰프님도 한 말씀 하시죠."

"음, 다음 주에 패자부활전이 있죠?"

형일은 소감 대신 대뜸 다음 주 대결에 대해 물었다.

"네? 네. 맞습니다. 다음 주 〈대결! 요리천하〉 7화는 패자부활전으로 꾸며집니다."

"다음 주에 반드시 1등을 해서 살아나겠습니다! 감사합니다!"

형일은 대담하게 포부를 밝혔고, 사람들은 그에게 격려의 박수를 보냈다.

"와, 역시. 승부욕이 대단하시네요! 좋습니다. 덕분에 다음 주 패자부활전이 정말 기대가 되네요."

녹화가 모두 끝나고 형일은 부리나케 녹화장을 빠져나갔다. 탈락한 것이 자존심이 상하기도 했고, 누군가 위로의 말을 건네는 것조차 기분이 나쁠 것 같아서였다. 안주섭은 워낙 노련한 사람이라서 태연하게 다른 셰프들에게 웃으며 인사를 나눈 뒤 녹화장을 떠났다.

김 피디는 장경태와 고윤석, 천학수와 호검에게 말했다.

"오늘 수고 많으셨어요. 참, 다음 주는 패자부활전이니 두 팀은 안 오셔도 되는 거 아시죠?"

"네, 알고 있습니다. 근데 구경은 와도 되죠?"

고윤석이 물었다.

"그럼요. 뭐, 심심하시면 구경 오세요. 하하하. 공식적으로는 결승전 생방송 때 오시면 되지만, 정 오고 싶으시다면요."

결승전은 생방송으로 진행되기 때문에 몇 주는 더 있다가 결승전이 열렸다. 현재 녹화분이 다 방영된 후에 나가는 것이니까 말이다.

곧 다른 셰프들도 각자의 집으로 향했다.

학수와 호검은 형일이 탈락했거나 말거나, 패자부활전에서 부활을 하거나 말거나 별 관심을 두지 않았다. 그들은 그저 최선을 다해 이 요리 대결에 임하는 것이 목표였기 때문이다.

그들은 앞으로 결승전을 어떻게 준비할 것인지에 대해서만 집중했다.

둘은 집으로 돌아가는 길에도 마지막 결승전의 대미를 장식할 최고의 요리에 대한 의논을 멈추지 않았다.

다음 날, 형일은 〈팔선정〉에 출근하자마자 주섭에게 가서 말했다.

"안 셰프님! 결승전에 하기로 했던 그 요리 말이에요, 그거 패자부활전에 해요! 패자부활전에서 부활하지 못하면 결승전도 없는 거니까요."

다행히 이번 패자부활전의 주제도 '최고의 요리'였기 때문에, 결승전에 준비했던 요리를 그대로 해도 상관이 없었다.

"음, 근데 그랬다가 패자부활전에서 부활해서 결승전 가게 되면? 그땐?"

"그건… 그때 가서 생각할래요. 그리고 그사이에 몇 주 시간이 있잖아요. 일단 패자부활전에 올인해야 해요! 아셨죠?"

"뭐, 그래. 일단 살고 볼 일이긴 하지."

그들이 결승전을 대비해 준비했던 요리는 바로 두반장소스 바닷가재 요리였다. 일단 기본적으로 바닷가재라는 사람들이 좋아할 만한 식재료로 튀김을 한 다음 두반장과 토마토 등을 넣은 새콤, 달콤, 매콤한 소스로 바닷가재 튀김을 버무린 요리였다.

그리고 안주섭과 김형일은 이 두반장소스 바닷가재 요리로 패자부활전에서 살아났다.

사실 패자부활전에 참여한 다른 셰프들은 대부분 그다지 이 패자부활전에 사활을 걸지 않았다. 왜냐하면 이미 얼굴이 알려졌고, 인기도 꽤 얻었으며, 중식당을 하는 사람들은 장사가 잘되었고, 이 방송 말고 다른 방송에서 섭외가 많이 들어왔기 때문이다. 이미 다른 방송 스케줄이 잡혀서 결승전 때 참여가 불가능한 사람도 있었다.

하지만 형일은 천학수를 이겨야 한다는 일념으로 패자부활전에 임했기에 그들을 꺾고 결승전에 진출할 수 있었다.

주섭과 형일이 패자부활전에서 살아났다는 소식은 곧바로 학수에게 전해졌다.

"호검아, 형일이가 패자부활전에서 이겼다는구나. 허허."

"아……. 뭐, 누가 되든 저희는 상관없죠. 그냥 열심히 요리하면 되니까요."

"그렇지. 그런 자세가 중요해. 다른 사람을 이기려고 하지 말고 그냥 묵묵히 나의 길을 가는 거지. 요리는 스스로와의 싸움이야."

"네. 근데요, 스승님. 〈요리 맛보기〉 나가실 거예요?"

호검은 무를 얇게 저미면서 학수에게 물었다. 사실 학수와 호검에게도 방송 섭외 전화가 빗발쳤고, 당연히 둘 다 방송은 거절하고 있었다. 그런데 그중 유독 〈요리 맛보기〉라는 프로그램의 피디가 끈질기게 학수에게 연락을 해왔다.

"아, 그 피디 진짜 끈질겨. 아주 고무줄이야. 에효."

"대단하신 피디예요. 여기도 되게 자주 오시던데?"

"맞아. 황 매니저가 그러는데, 거의 이틀에 한 번꼴로 온다고 하더라. 골치야, 아주."

학수는 오른손을 이마에 대고 인상을 찌푸렸다. 호검은 그 피디가 뭔가 특이한 사람인 것 같아서 웃음이 났다. 호검이 피식 웃고 있는데, 갑자기 학수가 심각한 표정을 지으며 물었다.

"참, 근데 이상하지 않니?"

"뭐가요?"

"이용혁 말이야. 너나 내가 방송에 나오는 걸 분명히 봤을 텐데. 여기 한 번도 안 오는 거 보면 말이야."

예슬이 이용혁의 얼굴을 알기 때문에 한 번이라도 〈아린〉에 왔다면 학수에게 보고를 했을 것이다.

"음, 그러게요. 근데 안 오는 게 낫죠. 오면 또 무슨 일을 저지를지……."

호검이 씁쓸한 표정으로 말했다.

"그거야 그렇긴 한데. 너무 조용하니까 더 이상한 느낌? 이용혁이 널 알 텐데. 그리고 너희 보쌈집을 망하게 했을 땐 너도 타깃이지 않았을까?"

"저도 제가 타깃일 거라고 생각해서 지금까지 몸을 좀 사린 게 맞긴 한데요. 스승님이 계셔서 함부로 못 움직일 거예요."

"그렇다면 다행이고. 아, 근데 주한 중국대사가 언제 온다고 하지 않았니?"

"아직 모르겠어요. 바쁘시다고 하셔서요."

"아, 그래? 음, 지금 무로 뭐 만들 거랬지?"

학수가 이런저런 이야기를 호검에게 묻다가 호검이 썰고 있는 무를 보고 물었다.

"무로 전을 만들면 되게 맛있거든요. 무로 전을 만들면 살짝 쌉싸름하면서도 오독거리고 고소하고 그런 맛이 나요. 그래서 무로 전병을 만들어볼까 하고요."

"오, 좋아. 한번 해보렴."

학수와 호검은 이번 결승전에서는 기존에 있는 요리가 아닌, 둘이 함께 개발한 유일무이한 요리를 내놓기로 했다. 그래서 학수는 호검에게 즉흥적으로 무로 뭔가 색다른 걸 만들어보라는 미션을 하나 줬던 것이다. 요리사의 돌이 있었더라면 바로 새로운 메뉴를 선보일 수 있었겠지만, 수업 시간에 학수가 갑자기 시킨 거라 호검은 자기가 알고 있는 무전 레시피를 응용해서 무로 전병을 만드는 중이었다.

'다음엔 요리사의 돌을 가져와야겠어.'

이후 호검은 요리사의 돌을 활용해 창의적인 요리들을 개발해 학수에게 소개했다. 호검이 학수에게 배운 중국 요리 지식을 바탕으로 요리사의 돌이 조합해서 알려주는 레시피들이었다. 학수는 호검의 레시피에 뭔가를 더 추가하기도 하면서 함께 완벽한 레시피를 만들어갔다.

*　　　*　　　*

드디어, 대망의 결승전이 생방송으로 있는 날이 되었다. 생방송은 미리 리허설도 하고 준비를 꼼꼼히 해야 했기 때문에 셰프들은 방송 시작 4시간 전에 방송국에 도착했다.

"오늘은 생방송이라서 절대 실수하시면 안 돼요. 요리 중간에 잘 안 된다고 욕하시고 그럼 당연히 안 되고요."

이건 형일을 보고 하는 소리였다. 형일은 요리하다가 잘 안 풀리면 가끔 욕이 저절로 튀어나올 때가 있었다. 녹화일 때는 그런 부분은 다 편집이 가능하지만 생방에서는 그럴 수 없으니 김 피디가 미리 주의를 준 것이다.

"미리 동선 잘 봐두시고, 불도 다 확인하시고, 재료도 지금다 확인해 주세요. 아, 접시도 개수 맞게 있는지 확인하시고요. 일단 요리가 가장 중요하니까 요리에 필요한 것들 꼼꼼히확인 부탁드려요. 확인 후에 방송 진행 리허설할게요."

"알겠습니다."

각 팀들은 각자의 조리대로 가서 김 피디가 시키는 대로 요리에 필요한 것들을 확인했다.

"후우. 스승님. 벌써부터 떨리는 거 같아요. 생방송이라니……."

"생방송이 뭐 별거야? 평소에 우리 녹화하던 거라고 생각해."

호검은 학수의 말을 되뇌며 마인드 컨트롤을 했다.

'그냥 녹화랑 같다. 녹화는 그냥 요리 연습과 같다……'

요리 재료와 도구들의 확인 점검이 끝나고, 리허설을 하기 위해 방청객들과 연예인 패널, 전문가 패널들이 세트장으로 들어왔다.

"와, 스승님! 홍유진 아세요? 저기 저 여자요."

"몰라, 난."

"요즘 엄청 인기 있는 여배우잖아요. 24살인데 연기도 잘하고 착하고 예쁘고……."

"그래? 근데 착한 건 어떻게 알아?"

"으음, 사실 저도 잘 몰라요. 그냥 저랑 같이 사는 친구가 드라마 좋아하거든요. 그 친구가 그러더라고요. 와, 정말 예쁘다……."

"그래, 참하게 생기긴 했네. 나 화장실 좀 갔다 올게."

학수가 잠깐 화장실을 다녀온다며 자리를 떴는데, 갑자기 홍유진이 호검 쪽으로 걸어왔다.

'잉? 왜 이쪽으로 오지?'

홍유진은 환한 웃음을 지으며 호검에게 다가오더니 먼저 인사를 했다.

"안녕하세요, 강 셰프님!"

"네? 아, 안녕하세요."

"강 셰프님 팬이에요! 여기 연예인 패널도 제가 먼저 해달라고 막 졸랐어요. 강 셰프님 직접 보려고요!"

가만히 있어도 예쁜 홍유진이 생글생글 웃기까지 하며 말하자 막 얼굴에서 빛이 나는 것 같았다. 호검은 이렇게나 예쁜 여배우가 자신에게 팬이라고 하니 얼떨떨하면서도 기분이 날아갈 듯했다. 그는 싱글벙글 웃으며 인사했다.

"정말요? 감사합니다. 저도 팬입니다. 그리고… 정말 아름다우시네요."

"와, 정말요? 저도 감사합니다. 호호. 오늘 맛있는 요리 맛보여 주실 거죠?"

"그럼요. 최선을 다해서 해드릴게요. 하하."

"그럼 기대할게요."

홍유진은 마지막까지 환한 미소로 인사하고 다시 자기 자리로 돌아갔다. 호검은 잠시 황홀한 표정으로 멍하니 한곳을 보고 있다가 학수가 툭 치는 바람에 혼미했던 정신이 돌아왔다.

"호검아. 뭐 해?"

"아, 홍유진이랑 대화를… 어? 저기……!"

방금 호검이 멍하니 응시하고 있던 곳에 한 남자 서 있었는데, 그 남자는 곧이어 김 피디와 악수를 했다.

"누군데? 아는 사람이야?"

학수가 호검에게 물었다.

"주한 중국대사님이신데……? 여긴 무슨 일로 오셨지?"

호검은 일단 주한 중국대사인 마롱에게 다가가 꾸벅 인사를 했다. 마롱은 호검을 보고는 너무 반가워했다.

"오랜만이죠? 이태리 요리만 할 줄 안다고 해서 서운했었는데, 이렇게 중국 요리도 잘하고. 정말 대단해요!"

다행히도 김 피디의 옆에는 동시 통역관이 함께 와 있어서 마롱이 하는 말을 다 알아들을 수 있었다.

"감사합니다. 중국 요리도 굉장히 맛있고, 멋진 요리가 많네요. 하하. 그런데 여긴 어쩐 일로?"

호검의 물음에 김 피디가 끼어들어 말했다.

"아, 오늘 전문가 패널로 오신 거야."

"아하. 전문가 패널이시군요. 중국 분이시니까 진짜 중국 요리에는 전문가 맞으시죠!"

"하하하. 오늘 맛있는 요리 기대할게요."

마롱은 호검과 악수를 하고 전문가 패널 자리로 이동했다.

"음, 이 사람은 왜 안 오지? 자기가 그렇게 자리 하나 달라고 하더니."

김 피디가 고개를 빼고 누군가를 기다리는 듯했다. 호검은 별생각 없이 다시 세트장으로 가려는데, 김 피디가 슬쩍 미소를 지으며 중얼거렸다.

"저기 왔네."

호검은 그냥 누가 왔다니까 고개를 돌려 김 피디가 쳐다보는 쪽을 바라보았다. 그런데 그 순간 그는 너무 놀라 머리가 쭈뼛 서고, 몸은 굳어버렸다.

*　　　*　　　*

'이, 이용혁이다……!'

학수도 멀리서 이용혁을 발견하고 표정이 굳었다.

호검은 얼른 정신을 똑바로 차리려고 고개를 흔들었다. 그리고 그와 마주치지 않기 위해 살짝 옆으로 비켜서 뒤로 돌았다. 호검은 이제 놀라움이 가라앉으며 대신 분노가 치밀어 올랐다.

'저 자식이 왜 여길 왔어……? 설마?'

이용혁은 능글맞게 웃으며 김 피디에게 다가와 악수를 했다.

"아, 김 피디님. 이렇게 불러주셔서 감사합니다."

"와주셔서 감사합니다."

"시청률이 12프로나 나온다면서요? 대단하십니다."

이용혁은 칭찬으로 김 피디의 비위를 맞췄다. 칭찬을 싫어할 사람은 없기에 김 피디는 살짝 미소를 지었다.

"감사합니다. 여기 출연하신 셰프님들이 아주 뛰어나셔서 프로그램이 잘되는 거겠죠. 아, 그럼, 이 기자님도 오늘 좋은 말씀 많이 해주시길 부탁드립니다."

김 피디는 이용혁과 친한 것 같지는 않았다. 그는 그냥 보통 하는 인사치레를 하고 이용혁을 전문가 패널 자리로 안내했다.

호검은 전문가 패널이 앉은 자리에 이용혁이 앉는 것을 슬쩍 보았다.

'아, 역시 전문가 패널로 온 거잖아. 오늘 생방송인데 뭐 안 좋은 말 하는 거 아냐?'

물론 이용혁이 푸드 칼럼니스트로서 전문가 패널로 참여하지 못할 것도 없었지만, 호검은 뭔가 미심쩍어 불안해졌다.

그때, 학수가 다가와 호검에게 속삭였다.

"침착해. 어차피 전문가 패널도 투표는 한 표밖에 못 해. 그리고 생방송인데 그렇게 나쁘게 평가하진 못할 거야."

호검은 학수의 말에 고개를 끄덕였다. 여전히 미간은 살짝 찌푸리고 있었지만 말이다.

리허설이 시작되고, 아나운서 박중건이 준비된 인터뷰 질문을 던지고 셰프들이 대답을 하는 연습을 했다. 김 피디는 오늘 진행 순서에 대해서 알려주었고, 리허설 말미에는 연예인과 전문가 패널들에게 당부했다.

"오늘 생방송인 거 아시죠? 음, 거의 그럴 일은 없겠지만, 자기 입맛에 잘 안 맞는 요리가 나오더라도 혹평은 좀 자제해 주시길 바랍니다. 어차피 투표로 결정이 되는 거니까요. 아셨죠?"

"네."

연예인과 전문가 패널은 김 피디의 말에 알았다는 듯 고개를 끄덕였다.

생방송이 시작되기 30분 전, 세트장에 예슬과 〈아린〉의 주방 식구들이 구경을 하기 위해 도착했다.

"오, 왔어?"

학수가 〈아린〉의 직원들을 반갑게 맞았다.

"사장님! 오늘 파이팅요!"

"꼭 1등 하셨으면 좋겠어요!"

"그럼 사장님이 부담되시잖아요. 그냥 저희 바람이 그렇다는 거지, 절대 부담 느끼실 필요 없어요. 호호호."

예슬이 주방 식구들을 자제시키며 말했다.

"하하하. 고마워, 다들. 재밌게 구경해. 너무 우리 응원한다고 이름 외치고 그런 건 하지 말고. 알겠지?"

"네!"

김 피디는 〈아린〉에서 온 사람들을 한쪽에서 구경하도록 자리를 마련해 주었고, 안주섭과 형일의 지인들, 장경태와 고윤석의 지인들이 구경할 자리도 마련해 주었다.

"자, 준비하세요. 생방 들어갑니다! 방청객 박수!"

"와!!"

방청객들은 FD의 사인에 맞춰 박수를 치며 환호성을 질렀다.

'으, 드디어 시작이다.'

호검은 떨리는 마음에 주먹을 꼭 쥐었고, 방청객들의 박수 소리가 잦아들자, 아나운서 박중건이 멘트를 시작했다.

"안녕하세요! 금요일 밤 〈대결! 요리천하〉를 찾아주신 여러분, 환영합니다! 저는 아나운서 박중건입니다."

박중건은 오늘이 마지막 결승전이지만, 셰프들을 한 명 한 명 소개하면서 마치 프로그램 첫 방송처럼 진행을 했다. 생방송이기도 하고 마지막이니만큼 다시 한 번 셰프들을 각인시킬 의도였다.

박중건은 생방송임에도 여유롭게 농담을 해가며 진행을 이어나갔다.

"자, 그리고 오늘은 마지막 대결이니만큼 생방송으로 꾸며집니다. 셰프님들 모두 매우 긴장하고 계실 텐데요, 간단히 대결 방식을 설명드리겠습니다. 지금까지의 대결은 1시간 대결이지만, 이번 결승전은 50분 대결입니다. 그러니까 50분 동안 50인분! 나누면 1분에 1인분씩 만드시면 되는 거죠."

곧 주제가 공개되었는데, 주제는 당연히 '내 인생 최고의 중화요리'였다. 이어서 중건은 각 팀에 만들 요리를 물었다.

"자, 안주섭 셰프팀이 준비한 요리는 무엇입니까?"

"해삼완자입니다."

"오, 그럼 글자 그대로 해삼으로 완자를 만드시는 건가요?"

"해삼 안쪽에 소고기와 두부 등을 넣고 동그랗게 만들어서 튀겨내는 겁니다."

"아하. 해삼과 소고기를 튀긴다라. 맛이 없을 수가 없겠네요! 그럼 천학수 셰프팀은 어떤 요리를 준비하셨습니까?"

중건은 간단하게 인터뷰를 해나갔다.

"저희는 크림두반새우를 준비했습니다."

"크림두반새우요? 크림소스와 두반장 소스를 얹은 새우 요리인가요?"

"네, 맞습니다. 조금 특이한 크림소스와 두반장 소스를 맛보실 수 있을 겁니다."

천학수가 자신 있게 대답했다.

"특이한 크림소스라, 기대됩니다. 그럼 다음으로 장경태 셰프팀의 요리는 무엇인지 들어볼까요? 장경태 셰프님?"

"저희가 준비한 요리는 칠보완자입니다."

"어? 여기도 완자입니까?"

사람들은 완자라는 말에 안주섭 셰프팀과 장경태 셰프팀을 번갈아 쳐다보았다.

주섭과 형일이 눈이 동그래졌고, 형일은 살짝 미간을 찌푸렸다.

'비슷한 완자를 하면 아무래도 비교되고 마이너슨데, 왜 하필 겹치냐……'

그러다 형일은 생방송 중이라는 것을 깨닫고 얼른 여유로운 미소를 지으며 표정 관리에 들어갔다.

"일단 설명을 들어보죠. 칠보완자는 뭔가요?"

"튀긴 돼지고기 완자 안에 일곱 가지 귀한 재료를 넣어 만든 요리입니다."

"음, 튀긴 완자라는 건 같네요. 하지만 누가 만드냐에 따라 같은 요리도 다른 맛이 나죠. 아무튼, 기대해 보겠습니다! 자, 그럼 바로 요리 대결 시작할까요? 준비되셨나요, 셰프님들?"

중건의 물음에 셰프들은 이구동성으로 크게 외쳤다.

"네! 준비됐습니다!"

"그럼 시작하겠습니다! 시작!"

중건이 시작을 외치자 무대 뒤쪽의 스크린에 50분에 멈춰 있던 시계가 반대로 가기 시작했다.

그리고 셰프들은 다른 어느 대결 때보다 더 빨리 움직였다.

"형일아, 쇠고기 가져와서 다져! 난 물밤 다질게!"

주섭은 형일에게 뭘 할지 지시했고, 주섭과 형일은 중식도를 양손에 쥐고 완자를 만들 재료들을 다지기 시작했다.

학수와 호검은 이미 다 서로 뭘 할지 정해놓은 상태였다. 둘은 아무 말도 하지 않고 눈빛만을 주고받으며 요리를 해나갔다. 학수는 튀길 새우를 손질해 준비했고, 호검은 닭고기를 다지기 시작했다. 호검이 닭고기를 다지자 중건이 물었다.

"강 셰프님! 크림두반새우에 닭고기도 들어가나요?"

"아, 이게 바로 크림소스가 될 닭고기입니다!"

"크림소스가 될 닭고기요?"

중건은 고개를 갸웃거렸다. 호검은 계속 닭고기를 다지면서 말했다.

"네! 보시면 압니다."

"알겠습니다. 기대해 보죠. 오늘은 다들 다지느라 정신이 없으시네요. 장경태 셰프님은 지금 완자를 만드실 돼지고기를 다지고 계신 거죠?"

"네, 맞습니다."

중건의 말대로 장경태는 돼지고기를 다지고 있었고, 고윤석은 감자를 찜기에 올려놓더니 해삼, 전복, 새우, 오징어, 죽순, 양송이버섯, 표고버섯, 양파, 당근 등을 손가락 한 마디만 한 크기로 깍둑썰기를 하기 시작했다.

이번 대결은 생방송으로 진행되기 때문에 편집이 없었다. 그러니 요리가 완성될 때까지의 50분을 지루하지 않게 프로그램을 구성해야 했다.

그래서 김 피디는 세프들이 요리하는 50분 동안 중요한 요리 과정 외에는 중간중간 세프들의 인터뷰와 이전 대결 영상, 그리고 연예인 패널들의 인터뷰 등을 진행했다. 김 피디는 세프들에게 뭔가 주목할 만한 요리 과정이 들어가려고 하면 손을 들어 사인을 보내달라고 했다.

해삼완자의 경우엔 그다지 특이할 만한 요리 과정은 없었다.

물밤, 쇠고기, 두부, 생강즙 등을 넣어 완자를 만든 다음 해삼과 함께 동그랗게 뭉쳐 전분을 묻혀 튀겨내고, 새콤달콤한 소스를 부어내면 되는 요리였기 때문이다.

주섭과 형일은 패자부활전에서 그들이 생각했던 최고의 요리를 이미 했기 때문에 이번 결승전을 준비하는 데 굉장히 고민이 많았다.

형일은 맛도 중요하지만, 다른 세프들 요리도 다 맛있을 테니까, 무조건 다수의 사람들이 좋아할 만한 요리를 해야 투표를 많이 할 것이라고 생각했다. 그래서 일단은 웬만한 사람들이 다 좋아하는 튀김 요리를 하기로 했고, 사람들이 몸에 좋고 비싼 재료를 좋아할 테니 해삼과 쇠고기를 사용하자고 했다. 또한 소스는 일단 달달한 게 맛이 더 있다고 느껴지니 달달한 소스로 정했다.

이렇게 재료와 요리법을 먼저 정한 다음 그에 맞는 요리가 무엇인지 골라서 조금 변형을 시켜 메뉴를 만들어 왔고, 그 요리가 바로 해삼완자였다.

주섭과 형일은 이번 대결에서는 보여주는 것보다 맛에 더 치중해서 메뉴를 선정했기 때문에 특별히 손을 들 만한 요리 과정은 없었다.

반면 장경태 셰프팀의 칠보완자는 만드는 과정이 좀 특이했다. 처음에 돼지고기와 찐 감자, 두부를 섞어 만든 완자를 야구공만 하게 빚어 튀기는 것이 시선을 끌었다.

"아니, 그렇게 크게 완자를 만드셨어요? 속이 다 안 익을 것 같은데⋯⋯."

중건이 걱정을 하며 말하자, 장경태는 문제없다는 듯 여유로운 표정을 지었다. 그리고 노릇노릇하게 잘 튀겨진 완자를 기름에서 건지더니 손을 들었다.

"자, 이제 완자 그릇 만듭니다!"

장경태와 고윤석은 야구공만 한 크기의 완자의 위쪽 부분을 잘라 안 익은 속을 파내기 시작했다.

"아하! 그 안을 파내서 그릇처럼 쓰시는 거군요! 그렇다면 그 안에는……."

"네, 이 안에 전복, 해삼, 새우 등 일곱 가지 이상의 귀한 재료들을 볶아서 넣을 겁니다."

"와, 완자 안에 귀한 재료들까지! 정말 맛있겠네요."

장경태의 말을 들은 주섭과 형일은 인상이 좋지 않았다. 일단 크기부터 압도하는 데다가 더 다양한 재료를 사용했으니 뭔가 밀리는 것 같은 느낌이 들었던 것이다.

그때, 학수가 손을 들었다.

"부유계편(浮油鸡片) 만들겠습니다!"

부유계편이라는 말에 방청객들도 중건도 다들 고개를 갸웃거렸다.

"부유계편이 뭔가요?"

"뜰 부, 기름 유, 닭 계, 조각 편. 그래서 부유계편은 잘게 다진 닭고기를 기름에 뜨게 해서 익힌다는 말입니다."

"아, 아까 강 셰프님이 엄청 곱게 다지시던 그 닭고기를 요리하시는 거군요. 크림소스를 만드실 거라고 하시던 바로 그거요."

"네, 닭고기에 생크림과 달걀흰자, 물을 넣고 섞어준 다음에 낮은 온도의 기름에 넣어서 살짝 튀기듯 익혀주기만 하는 겁니다."

"오, 무슨 걸쭉한 크림소스 같은데 그걸 기름에 넣으신다고요?"

"네. 자, 들어갑니다."

사람들은 신기한 구경을 할 수 있다는 기대감에 눈을 크게 뜨고 모두 학수의 손을 쳐다보고 있었다.

"와!"

방청객들은 기름에 죽처럼 된 닭고기를 투하하자 감탄했다.

"이건 튀김이 되면 안 되고요, 부드러운 상태로 익히기만 해야 합니다. 그게 바로 기술이죠."

오늘따라 학수가 청산유수로 설명을 했다.

'와, 실전에 강하시네! 하나도 안 떨고 말씀을 엄청 잘하셔.'

호검은 학수가 텔레비전에 나오는 것을 싫어해서 안 나가려고 했던 것이지 막상 하면 방송도 잘할 것 같다는 생각이 들었다.

"부들부들하니 맛있어 보이네요! 근데, 그럼 그게 바로 소스인 건가요?"

완성된 부유계편은 몽글몽글한 연두부 같은 모양이었다.

"물론 소스를 만들어서 이 부유계편과 섞을 겁니다."

"아하! 좋습니다."

학수는 이어서 새우를 튀기기 시작했고, 카메라는 장경태 셰프팀을 비췄다. 그들은 일곱 가지 재료를 볶다가 양념을 한 다음 완자 그릇 안에 채워 넣는 중이었다. 잠시 카메라는 장경태 셰프팀이 완자 그릇을 채우는 걸 보여주었다.

그사이 안주섭 셰프팀은 해삼완자를 다 만들고서 튀기려고 하고 있었다. 튀김에는 별 특별한 게 있진 않았지만 형일은 주목을 시킬 요량으로 손을 번쩍 들었다.

"자, 해삼완자 튀김 들어갑니다."

"오!"

사람들은 특별한 게 없어도 튀김을 하는 모습에 군침을 흘리며 쳐다보았다. 형일은 일부러 자신이 직접 해삼완자를 튀기며 사람들의 시선을 받았다.

그런데, 갑자기 천학수가 몸을 움찔했고, 그러면서 학수가 들고 있던 웍이 옆으로 기우뚱했다. 호검은 마침 바로 옆에 있었기에 얼른 그가 들고 있던 웍을 함께 잡고 작게 속삭였다.

"스승님, 괜찮으세요?"

학수는 아까 새우를 튀기다가 호검에게 맡기고, 자기는 생크림과 대파, 부유계편을 넣은 크림소스를 만드는 중이었다.

"으읍."

"손목……."

호검이 슬쩍 다른 사람들의 눈치를 보며 학수에게만 들릴 듯 말 듯 말했다. 그러자 학수는 고개를 가볍게 끄덕이며 살짝 미간을 찡그렸다.

"주세요. 저 새우 건지기만 하면 돼요. 그거 제가 할게요."

일단 학수는 웍을 호검에게 넘겼다. 마침 사람들은 안주섭 셰프팀의 해삼완자 튀기는 것을 구경하느라 학수가 움찔하는 것을 본 사람은 거의 없는 것 같았다.

'부주방장님이 나서는 게 도움이 될 때도 있군. 다행이야.'

호검은 얼른 새우튀김을 건지고, 바로 이어서 학수가 하고 있던 부유계편크림소스를 흔들며 섞어주었다. 그리고 부유계 편크림소스가 완성되자 한쪽에 잘 담아놓았다.

"자, 이제 10분 남았습니다! 마무리해 주세요!"

중건은 형일이 해삼완자를 튀기는 중간에 10분이 남았다고 알렸다.

학수와 호검은 크림두반새우의 크림소스와 새우튀김은 완성이 되었으니 이제 두반장소스를 만들어 새우튀김을 버무려 주면 되었다. 그런데 이 버무리는 과정이 웍을 돌리면서 해야 하는 것이라 손목이 아픈 학수는 할 수 없었다.

"음······."

웍은 호검이 잡는다고 쳐도, 생방송 중에, 그것도 마지막 10분이 남았는데 학수가 아무것도 안 하고 있으면 사람들이 이상하게 생각할지도 몰랐다. 그리고 괜히 학수가 아픈 것이 알려지면 그들에게 좋을 것이 없었다. 호검은 머리를 굴리다 가 좋은 생각이 났는지 입을 열었다.

"스승님! 저희 이제 카빙해야 할 것 같은데요?"

호검이 학수에게 눈짓을 했고, 학수는 의도를 알았다는 듯 고개를 끄덕였다.

"어어, 그래. 오이는 잎을 만들고, 당근으로 꽃을 만들면 좋은데……."

하필 오늘 그들이 만드는 요리에는 당근이 들어가지 않았다. 오이는 간단한 데커레이션을 하려고 가져왔는데, 카빙 나이프로 섬세한 작업을 하기에는 당근이 필요했다.

"아! 잠시만요."

호검이 좋은 생각이 떠오른 듯 얼른 슬쩍 옆 조리대의 고윤석에게 다가갔다.

"형, 혹시 당근 남는 거 있어요?"

마침 장경태 셰프팀의 칠보완자에는 당근이 들어갔기 때문에 여유분의 당근이 있었다.

"당근? 있어. 줄까?"

"네! 2개만요. 감사해요."

호검은 순식간에 조리대 밑 쪽에서 고윤석에게 당근을 전달받았다. 호검이 윤석에게 스스럼없이 다가간 데에는 이유가 있었다.

5화 녹화 때 고윤석이 실수로 두반장소스를 가져오지 않았는데, 호검이 그걸 알고는 두반장소스를 나눠주었었다. 호검이 눈치껏 두반장을 나눠주어서 이 사실을 장경태는 모르고 있었다. 고윤석이 재료를 제대로 챙겼어야 하는데 빼먹고 안 가져온 것이어서 장경태에게 들켰으면 아마 혼쭐이 났을 것이다.

고윤석은 이 일로 호검에게 굉장히 고마워했다. 고윤석이 원체 말수가 적어서 별말을 걸지 않아서 그렇지, 호검에게는 호의적으로 대하고 있었다. 그리고 호검이 한번 도와준 일이 있었으니 당근 얘기를 하자 망설임 없이 당근을 건네준 것이다.

호검은 얼른 학수에게 당근을 주었고, 학수는 바로 작은 카빙 나이프를 꺼내 섬세하게 카빙을 하기 시작했다.

호검은 이제 얼른 웍 하나에 두반장소스를 만들었다. 다진 소고기, 다진 양파와 파 등을 넣고, 기름에 달달 볶다가 두반장과 케첩을 넣었다. 50인분이라서 소스도 양이 많았는데, 호검은 소스가 완성되자 다른 웍을 꺼내 절반을 다른 웍에 부었다.

'그래, 지금이야!'

학수의 손목이 이상이 생길지도 몰랐기 때문에 일부러 더 양손으로 웍을 돌리는 연습을 해왔던 호검이었다. 그는 양쪽 웍에 튀긴 새우를 넣고 양손으로 웍을 돌리기 시작했다.

그러자 양쪽 화구에서 불길이 치솟아 올랐고, 호검이 손을 들지 않았음에도 시선이 집중되었다.

"오! 강호검 셰프님 좀 보십시오! 한 손으로 돌리기도 힘든 웍을 양손에 하나씩 잡고 돌리고 계십니다!"

호검은 동시에 양손의 웍을 돌리다가, 마치 웍으로 저글링을 하듯이 번갈아 내용물이 튀어 오르게도 웍을 돌렸다.

"와아!"

방청객들의 눈이 휘둥그레졌다.

"양손잡이신가 봐!"

"근데 양손잡이여도 저렇게 양손을 다 능수능란하게 움직이기는 쉽지 않을 텐데! 얼마나 연습을 했을까?"

방청객들은 모두 호검의 솜씨에 감탄했다.

"대단합니다! 오늘 결승전이라고 아주 벼르고 오셨나 봅니다. 아까 부유계편 요리법도 신기했었는데요, 오, 천 셰프님은 당근으로 장미꽃을 만들고 계시네요. 멋집니다!"

중건은 옆에서 카빙을 하는 학수까지 언급했고, 방청객들은 학수의 카빙도 구경했다.

학수는 시간이 얼마 남지 않았으니 간단히 당근으로 장미꽃을, 오이로 잎사귀를 만들었다.

한편, 형일은 학수와 호검이 스포트라이트를 받는 것을 보고 입을 삐죽거렸다. 그러다가 갑자기 방금 주섭이 만들어놓은 완성된 소스에 튀겨놓은 해삼완자를 확 들이부었다.

"아니! 부주, 그걸 왜 넣어?"

주섭이 깜짝 놀라 물었다. 형일은 호검이 막 스포트라이트를 받자 질투심에 자신도 똑같이 웍 돌리는 걸 보이고 싶었던 것이다.

"어차피 소스를 뿌리나 섞나 별 차이 없잖아요. 살짝만 얼른 섞을게요."

"아, 아니! 에휴."

주섭은 이미 엎질러진 물이라 그냥 포기하며 작게 한숨을 쉬었다. 형일은 얼른 이목을 집중시키기 위해 해삼완자가 더 높이 튀어 오르도록 웍을 세게 돌렸다.

형일이 웍을 세게 돌리기도 했고, 또한 해삼완자가 동그란 구 형태이기까지 해서 더 잘 튀어올랐다. 그래서 정말 동그란 공으로 저글링을 하는 것처럼 보였다. 그러자 사람들은 이번엔 형일을 지켜보며 환호했다.

형일은 그제야 만족스럽게 웃으며 몇 번 더 웍을 돌려 보이더니 접시에 소스가 묻은 해삼완자를 나눠 담았다.

"해삼완자 완성됐습니다."

종료 시간 3분 전, 안주섭 셰프팀의 해삼완자는 가장 먼저 완성되었다.

호검은 두반장소스가 튀긴 새우에 골고루 잘 묻도록 섞어서 접시에 나눠 담은 다음 부유계편크림소스를 그 위에 얹었다. 부유계편이 들어간 크림소스는 소스라기보다는 몽글몽글한 연두부 같은 느낌이었다.

"크림두반새우 완성됐습니다!"

"네! 지금 두 팀은 완성이 됐고요, 이제 1분 남았습니다. 장경태 셰프팀은 얼른 마무리해 주세요!"

장경태와 고윤석은 완자 안에 귀한 재료들을 볶아서 넣은 다음 그 안을 파냈던 돼지고기로 뚜껑을 덮어 한 번 더 튀겨서 접시에 담아놓은 상태였다. 지금은 장경태가 마지막으로 그 위에 뿌릴 소스를 만들고 있었다.

"자, 10, 9, 8……."

"완성됐습니다!"

몇 초를 남기고 장경태는 겨우 칠보완자를 완성했다.

"와아!"

방청객들은 수고한 셰프들에게 아낌없는 박수를 보내주었다. 중건은 시식에 앞서 셰프들을 무대 가운데로 불렀고, 가장 먼저 호검에게 질문을 했다.

"강 셰프님, 원래 양손잡이세요?"

"아뇨, 원래는 오른손잡이입니다."

호검이 양손잡이일 것으로 추측했던 방청객들은 입을 쩍 벌리며 놀라워했다. 중건도 신기하다는 듯 호검에게 다시 물었다.

"와, 근데 그렇게 양손으로 웍을 돌리세요? 얼마나 연습하신 거예요?"

"아, 어느 정도 했는지는 저도 잘 모르겠네요. 꾸준히 연습하다 보니까 됐습니다. 하하하."

"아무튼, 대단하시네요. 혹시 다른 분들은 양손으로 웍 돌리시는 분 있으십니까?"

중건이 다른 셰프들을 둘러보며 물었는데, 다른 셰프들은 다들 고개를 저었다.

"오, 역시 특별한 기술이었네요. 눈이 즐겁게 해주셔서 감사드립니다. 하하하. 자, 그럼 이제 입이 즐거울 시간입니다! 50분 동안 냄새만 맡느라 고문당하신 방청객 여러분, 드디어 보상의 시간이 왔습니다. 시식을 시작하겠습니다!"

역시 시식은 먼저 완성한 순서대로 진행되었다. 주섭과 형일의 해삼완자를 먹어본 시식단은 대부분 감탄하며 좋아했다.

연예인 패널들도 탱글한 해삼의 식감과 완자의 부드러운 식감, 그리고 새콤달콤한 소스가 아주 잘 어울린다며 좋은 평가를 했다. 전문가 패널 중에서는 가장 먼저 푸드 칼럼니스트 이용혁이 말문을 열었다.

"음, 역시 유명 셰프님들답게 맛있습니다. 근데……."

이용혁이 '근데'라는 말을 꺼내자, 주섭과 형일이 긴장했다.

"이건 소스를 끼얹어 먹는 게 나을 뻔했어요. 해삼은 소스가 잘 배지 않기 때문이죠. 소스에 섞어주는 바람에 바삭함은 없어지고 그렇다고 소스가 잘 스며든 것도 아닌 것 같네요. 새콤달콤한 소스가 해삼과는 잘 어울리지 않는 것 같기도 하고요. 뭐, 개인적인 생각입니다."

이용혁은 연예인 패널들과는 정반대의 평을 했고, 이용혁의 평에 웃고 있던 형일의 표정이 일그러졌다. 사실 주섭은 용혁과 생각이 같았다. 그래서 요리를 망친 형일을 째려보았다. 원래 소스를 붓기로 했었는데 형일이 자기 마음대로 섞어버려서 이런 결과가 나왔으니 말이다.

'아, 저 인간이! 누구야, 저 인간!'

형일은 이용혁을 잘 몰랐지만, 오늘부터 이용혁의 안티가 될 것이라고 속으로 다짐했다.

김 피디의 표정도 그다지 밝지 않았다. 뭔가 다른 셰프들에게도 안 좋은 평을 할까 걱정이 되었던 것이다. 호검과 학수도 이용혁의 말이 맞다고 생각했지만, 바로 다음에 이어질 자신들의 요리에는 더 혹평을 할 것 같아 불안해졌다.

형일과 주섭은 다행히도 다음에 이어진 주한 중국대사인 마롱이 한마디로 짧게 '맛있다'고 평을 해주었는데, 중화요리의 본토 사람인 그가 맛있다고 해주니 어느 정도 이용혁의 지적이 상쇄가 되는 것 같은 느낌이었다.

다음으로 학수와 호검의 크림두반새우 시식이 있었다.

'으, 떨린다……. 아냐, 저건 보증된 맛이지! 그래, 걱정 없을

거야.'

호검은 스스로 떨리는 마음을 진정시키며 시식단이 시식하는 것을 지켜보았다.

"와."

"대박."

"어떻게 이런 맛이……."

"말이 안 나오네요. 정말 맛있어요!"

일반인 시식단에서도 감탄사가 연이어 나왔고, 연예인 패널들도 극찬을 하기 바빴다. 특히 호검의 팬이라는 인기 여배우 홍유진은 감동적인 맛이라면서 계속해서 칭찬을 했다.

"너무 너무 너무 맛있네요! 살짝 매콤달콤한 두반장소스 위에 부드러운 부유계편? 부유계편크림 맞죠?"

"맞습니다."

"부유계편크림소스는 막 고소하면서 부드러워서 두반장소스의 매콤함을 잡아주는 데 정말 기가 막힌 조화를 이루고 있고요, 새우는 또 너무 바삭하고 탱글하고, 와……. 계속 당기는 맛이에요!"

부유계편크림소스와 두반장소스의 조화를 이룬 이 요리는 요리사의 돌이 알려준 것이었다. 호검은 처음에 이 레시피로 크림두반새우를 만들어보고는 단번에 파스타 소스인 로제소스를 응용한 것이라는 것을 알 수 있었다.

로제소스는 크림소스와 토마토소스를 섞은 소스를 말하는데, 이 두 가지 소스를 섞으면 두 가지의 장점만 부각되면서 굉장히 부드럽고 고소한 소스가 되었다.

이걸 응용한 요리니 이건 정말 맛이 없을 수가 없었다. 호검은 유진의 극찬에 미소와 함께 살짝 고개를 숙이며 감사를 표했다.

그런데 다음으로 전문가 패널의 이용혁이 마이크를 잡았다.

"음, 잘 먹었습니다. 그런데, 과유불급이란 말 아시죠? 너무 욕심을 부리신 게 아닌가 싶네요. 굳이 두 가지 소스를 섞을 필요가 있었을까 싶습니다. 제가 담백한 맛을 좋아해서 그런 걸까요. 물론 여성분들은 좋아하실 수 있는 맛입니다. 저도 나쁘진 않았고요."

호검과 학수가 걱정했던 대로 이용혁은 혹평을 쏟아냈다. 혹평이 아닌 척했지만 혹평이었고, 맛있다는 말은 단 한 마디도 하지 않았다. 학수는 일부러 담담한 표정을 짓고 있었고, 호검은 어색한 미소를 짓고 있었다. 생방송이니 표정 관리를 하고 있었던 것이다. 그리고 방금 호평을 했던 홍유진은 어이없어하며 슬쩍 이용혁을 흘겨보았다.

반면 형일은 학수네 팀도 혹평을 받자 입꼬리가 슬쩍 올라갔다.

'아싸! 이용혁이랬나? 안티는 안 해도 되겠어. 한 번 봐주지.'

중건은 진행을 이어갔다.

"푸드 칼럼니스트 이용혁 님 평가 잘 들었습니다."

그런데 그때, 주한 중국대사인 마롱이 마이크를 들었다.

"아, 주한 중국대사이신 마롱 님! 크림두반새우 맛이 어떠셨나요?"

마롱은 중국어로 평을 했고, 이어 통역사가 마롱의 말을 차분히 듣더니 마롱의 말이 끝나자마자 말문을 열었다.

"방금 푸드 칼럼니스트님의 말에는 동의할 수 없습니다."

*　　　*　　　*

이용혁은 미간을 살짝 찌푸리며 주한 중국대사인 마롱을 쳐다보았다. 시식단과 셰프들의 시선도 모두 마롱과 통역사에게 집중되었고, 통역사는 계속해서 말을 이었다.

"과유불급이 아니라 굳이 사자성어로 말하자면 다다익선이란 말이 더 어울리는 요리라고 생각합니다. 두반장소스에 부유계편크림소스가 더해져 더 맛있는 요리가 탄생했죠. 1 더하기 1을 했는데 그 결과가 2가 아니라 그 이상입니다."

이용혁은 상대가 주한 중국대사이니 뭐라 더 말은 못 하고 그저 상대의 말을 경청하는 듯 가만히 쳐다보고만 있었다.

"중국에서도 이 정도로 맛있는 음식은 흔치 않습니다. 어떻게 이런 조화를 생각해 냈는지 정말 감탄이 절로 나옵니다. 부드러움과 바삭함, 새콤, 달콤, 매콤함과 고소함까지 모든 맛이 나면서도 그 맛들이 조화롭게 어울리고 있습니다. 창의적일 뿐만 아니라 맛도 배가된 완벽한 요리라고 평하고 싶습니다."

시식단은 이용혁의 평보다는 마롱의 평에 더 공감하는 듯 고개를 끄덕였고, 카메라맨은 고개를 끄덕이는 시식단의 모습을 화면에 잡았다. 이용혁은 입은 미소를 짓고 있었지만 화가 나는지 얼굴이 조금 상기되어 있었다.

'대사님!! 나이스!'

호검은 속으로 쾌재를 불렀다. 중화요리이니 중국 사람의 평이 푸드 칼럼니스트의 평보다 더 큰 영향을 끼칠 확률이 높았다. 또한 마롱의 발언은 일석이조였다. 학수와 호검의 요리를 칭찬하면서 이용혁을 민망하게 했으니 말이다. 학수도 이용혁을 매우 싫어했으므로 마롱이 한 방 먹여주니 기분이 좋아서 절로 입가에 미소가 떠올랐다.

호검은 마롱에게 고개를 살짝 숙여 인사했고, 마롱도 고개를 까딱하며 미소 지었다.

김 피디도 처음에 이용혁이 좋지 않은 평들을 하니 뭔가 불안했는데, 지금으로선 그게 더 잘된 일일지도 모른다는 생각이 들었다.

'그래, 저 정도 의견 대립이야 사람들이 더 흥미로워 할 수 있어. 괜찮네. 대사님 모시길 잘했어. 훗.'

김 피디는 중건에게 얼른 다음 칠보완자 시식으로 넘어가라고 사인을 보냈다. 중건은 김 피디의 사인을 보고 얼른 말문을 열었다.

"주한 중국대사님의 시식평 잘 들었습니다. 감사합니다. 자, 이제 마지막 장경태 셰프팀의 칠보완자를 시식할 시간입니다. 이 요리는 우리 〈대결! 요리천하〉의 마지막 시식 요리가 되겠네요."

"아아."

시식단은 아쉬움의 탄식 소리를 냈다.

"저도 아쉽습니다. 그래도 여기 셰프님들은 계속 중화요리를 하는 분들이니까 이 방송이 아니더라도 이분들의 요리를 맛볼 기회는 있을 겁니다. 그걸로 위안을 삼죠. 자, 그럼 정말 칠보완자 시식을 해볼까요?"

시식단은 다들 젓가락을 들었다. 그러자 장경태가 갑자기 말했다.

"그거 젓가락으로 못 드세요. 그 접시에 놓인 숟가락으로 잘라서 퍼 드셔야 해요."

장경태의 칠보완자는 크기가 커서 여러 명에 하나씩 제공되었다. 그래서 커다란 숟가락으로 완자를 잘라서 덜어 시식을 하면 되었는데, 완자 안의 재료들이 정육면체 모양으로 썰려 있어서 숟가락으로 퍼서 먹어야 했던 것이다.

장경태의 말에 사람들은 웃으며 얼른 젓가락을 내려놓고 숟가락을 들었다.

이번에도 시식단 여기저기에서 감탄사가 흘러나왔고, 행복한 미소를 지었다.

"역시 맛있습니다. 게다가 굉장히 건강해지는 느낌도 들고요."

"이 안에 들어간 전복과 오징어는 쫄깃하고, 죽순은 아삭하고요, 해삼도 소스가 아주 잘 배었네요."

연예인 패널들은 역시 맛있다고 칭찬했다. 그리고 이제 전문가 패널들의 평이 이어질 차례였다.

"이용혁 푸드 칼럼니스트님! 어떻게 드셨습니까?"

이번엔 아예 중건이 먼저 이용혁에게 소감을 물었다. 김 피디가 아예 공평하게 질문을 하라고 사인을 준 것이다.

"음, 매우 만족스럽습니다. 짭쪼름한 소스가 잘 배어든 이 해산물과 채소가 바삭한 완자와 잘 어울리고요, 또 마지막에 얹은 이 걸쭉한 소스가 자칫 퍽퍽할 수 있는 이 완자를 입에 착 붙게 만들어주네요. 달지 않고 차분하면서 깊은 맛이 납니다."

그야말로 극찬이었다. 세 요리 중에서 그가 가장 맛있게 먹은 요리는 누구라도 다 알 수 있을 정도의 극찬.

"와아!"

웬일로 이용혁이 호평을 하자 시식단도 놀랐는지 탄성을 터뜨렸다.

장경태는 입가에 미소가 번졌고, 호검은 그저 무표정, 그리고 형일은 잠깐 인상을 썼다.

'아, 저 사람, 진짜 마음에 안 들어.'

이용혁은 형일의 마음속에서 안티는 겨우 벗어났지만 여전히 매우 마음에 들지 않는 사람으로 찍혀 있었다.

"뭔가 국물이 없는데도 진국 같은 그런 느낌이 있긴 있어요. 그쵸?"

중건은 이용혁의 깊은 맛이라는 말에 동조하며 한마디 했다. 그리고 다음으로 주한 중국대사 마롱의 평이 이어졌다.

"딱 정통 중국 요리네요. 맛있습니다!"

간단하지만 묵직한 평이었다.

이제 드디어 마지막 승자를 가르는 투표의 시간이 다가왔다.

"자, 생방송으로 진행되고 있는 〈대결! 요리천하〉! 드디어 우승자 투표를 할 시간이 되었네요. 다들 드시면서 내 마음속의 일등 생각해 놓으셨죠? 그럼, 투표 시작하겠습니다. 버튼을, 눌러주세요!"

시식단 여기저기서 딸깍 하고 버튼을 누르는 소리가 들려왔다.

"자, 투표가 완료됐습니다. 오늘은 〈대결! 요리천하〉의 마지막 방송이기도 하고 또 최종 우승자를 뽑는 것이기도 해서 저희가 최첨단 시스템을 도입했답니다. 벌써 여러분들이 투표하신 것은 이미 자동으로 합산이 되었습니다. 이 뒤의 전광판에서 확인만 하면 되는데요, 세 팀의 득표수가 모두 공개됩니다."

중건이 가리킨 전광판은 세 칸으로 나누어져 각 칸에는 각 팀의 이름과 요리의 명칭이 적혀 있었고 그 아래 숫자 0이 나타나 있었다.

"지금 숫자는 모두 0으로 되어 있습니다. 제가 결과를 공개하겠다고 하면 이 숫자들이 막 올라갈 겁니다. 이 숫자는 곧 득표수고요, 그러니 이 숫자가 가장 높은 팀이 최종 우승팀이 됩니다. 아시겠죠?"

"네!"

방청객들은 큰 소리로 대답했다.

"그리고 여기 트로피가 두 개 있습니다. 우승팀에 주어질 트로피고요, 하나는 스승, 하나는 제자에게 수여됩니다. 그럼 이제 결과를 발표하겠습니다. 결과가 어떻게 나왔는지 정말 궁금하네요. 원래 이런 건 사회자인 제가 먼저 결과를 받아서 손에 딱 쥐고 있을 때가 가장 짜릿한데 아쉽네요. 저만 알고 있을 때 말이에요. 하하하."

방청객들도 정말 그렇겠다는 듯 고개를 끄덕이며 웃었다.

"자. 그럼 이제 정말로 결과를 발표하겠습니다. 투표 결과, 보여주세요!"

중건의 말이 끝나자, 다른 곳의 조명은 어두워지고 투표 결과가 보여질 전광판 쪽만 밝게 조명이 비춰졌다. 그리고 곧 각 팀 아래 표시되는 숫자가 천천히 올라가기 시작했다. 각 팀들은 서로를 바라보며 격려하는 눈빛을 보냈고, 구경을 하고 있던 각 팀의 지인들도 두 손을 모으고 결과를 기다리며 긴장하고 있었다.

1, 2, 3, 4, 5……. 각 팀의 숫자는 동일하게 올라가다가 11에서 잠시 모두 멈췄다. 방청객들은 침을 꼴깍 삼켰고, 셰프들도 조마조마해서 전광판을 쳐다보았다. 그리고 곧, 천학수 팀과 장경태 팀의 숫자만 천천히 다시 올라가기 시작했다.

"아아."

방청석에서 아쉬움의 탄식이 흘러나왔다. 주섭은 그저 태연하게 서 있었지만, 형일은 한숨을 쉬며 인상을 썼다.

"아, 안주섭 셰프팀이 3등이군요. 아쉽습니다."

중건이 아쉬워하며 말했고, 천학수 팀과 장경태 팀의 전광판 숫자는 계속 올라가다가 17에서 다시 멈췄다.

"엇. 숫자가 다시 멈췄습니다! 이제 정말 우승자가 결정됩니다! 과연! 누굴까요?"

그러자 방청객들과 셰프들의 지인들이 서로 자신이 응원하는 셰프들의 이름을 연호했다.

"천학수! 천학수!"

"장경태! 장경태!"

곧 사람들이 잠잠해지자, 드디어 우승한 팀의 숫자가 휘리릭 올라 22가 되었다.

"와아!"

〈아린〉의 직원들이 자리에서 벌떡 일어나 환호성을 지르며 서로를 얼싸안고 방방 뛰며 난리가 났다. 그리고 그들 못지않게 홍유진도 자리에서 벌떡 일어나 환호했다.

"천학수 셰프팀! 우승팀은 바로 천학수 셰프팀입니다!"

중건이 힘차게 우승팀을 발표했다.

학수와 호검은 서로를 부둥켜안았고, 카메라맨은 얼른 학수와 호검을 비췄다.

"수고했다!"

"수고하셨어요, 스승님!"

방청객들도 훈훈한 스승과 제자의 모습에 환호하며 축하의 박수를 보냈다. 장경태 셰프팀도 학수와 호검에게 축하의 박수를 쳐주고 있었는데, 유일하게 형일 혼자 두 주먹을 꽉 쥐고 있었다.

'이건 말도 안 돼! 저 자리가 내 자리였어야 하는 건데⋯⋯.'

형일은 이제 와서 자신이 학수 밑에 있었으면 자기가 1등을 하는 건데 하는 아쉬움과 짜증이 밀려왔다. 형일이 부들거리고 있자, 옆에서 박수를 치던 주섭이 형일을 툭 치며 눈치를 줬다.

형일은 마지못해 천천히 손을 움직이며 억지로 미소를 지었지만, 억지로 미소를 짓다 보니 우스꽝스러운 표정이 되어버렸다.

박수 소리가 어느 정도 잦아들자, 중건이 학수와 호검을 앞쪽으로 이끌며 말했다.

"축하드립니다, 천 셰프님, 강 셰프님. 트로피 받으셔야죠."

중건은 학수와 호검에게 차례로 트로피를 수여했고, 방청객들은 열렬한 박수갈채를 또 한 번 보내주었다.

"자, 소감 한 말씀 해주실까요? 먼저, 천 셰프님?"

"음, 제가 사실 이 프로그램에 나올까 말까 굉장히 고민을 많이 했습니다. 전 원래 방송 체질이 아니거든요."

"오, 처음 듣는 비하인드 스토리군요. 근데 전혀 안 그래 보이셨어요. 떠시는 것 같지도 않고요. 아무튼, 그럼 출연을 결정한 계기는 무엇이었습니까?"

"바로 여기 제 수제자 호검이 덕분입니다."

학수가 호검을 다정하게 쳐다보았다. 사람들은 그들의 훈훈한 모습이 좋아 보이는지 흐뭇한 미소로 둘을 지켜보고 있었다.

"여기 강 셰프님이요? 강 셰프님이 설득하셨나요?"

"아뇨. 그게 아니라, 이렇게 든든한 수제자가 있으니 방송에 나가도, 요리 대결을 해도 걱정 없겠구나. 뭐, 그런 결심이 섰거든요."

"아하. 제가 보니 정말 방송 내내 든든하게 천 셰프님을 보조하시더라고요. 수제자분들 중에 가장 나이는 어리시지만, 실력은 정말 누구에게도 뒤지지 않으셨죠."

"네, 감히 말하자면, 스승인 저보다 나을지도 모르겠습니다."

학수의 발언에 호검은 손사래를 쳤고, 방청석이 호검을 쳐다보며 술렁거렸다. 그리고 이용혁도 움찔했다. 학수의 말에서 호검을 굉장한 요리사라고 각인시키려는 의도가 보였기 때문이다.

'오, 건드리지 말라는 거군. 혹은 진짜일 수도 있고? 천학수, 강호검 둘 다 많이 컸는데?'

이용혁은 기분 나쁜 미소를 지었다.

"에이, 최고의 중식 대가께서 너무 겸손하게 말씀하시네요. 그 말씀은 나를 뛰어넘을 만한 인재다, 뭐 그런 말씀이신 거죠? 하하하."

중건은 웃음으로 적당히 부드럽게 상황을 넘겼고, 학수는 이어서 방청객들에게 마무리 감사 인사를 했다.

"음, 요리사에게 있어 자신의 요리를 맛있게 먹어주는 사람이 있다는 것은 정말 행복한 일입니다. 이번 〈대결! 요리천하〉 방송을 하면서 그 행복을 많이 느끼게 해주신 시식단 여러분께 감사드립니다. 또한 이런 기회를 놓치지 않게 삼고초려해 주신 김 피디님께도 감사드리고, 함께 요리한 우리 수제자 호검이도, 고맙다. 앞으로도 더 맛있는 요리를 하기 위해 노력하겠습니다."

학수가 소감을 마치고 꾸벅 인사를 하자, 방청객들은 또다시 박수갈채를 보냈다. 그리고 이번엔 호검이 소감을 말할 차례였다.

"이렇게 저희 요리를 좋아해 주신 여러분들에게 감사드립니다. 저에게 중국 요리를 가르쳐 주신 저희 스승님, 천학수 셰프님께도 감사드리고요. 제가 요리를 할 수 있게 도와주신 모든 분들에게 감사드립니다. 앞으로도 맛있는 요리를 만드는 데 최선을 다하겠습니다. 감사합니다!"

호검의 수상 소감에 방청석에서 박수가 쏟아졌고, 중건은 이제 다른 셰프들에게 말했다.

"다른 셰프님들도 수고 많으셨어요. 다들 굉장한 요리를 보여주셨습니다. 이미 여러분은 대단한 요리사들이시니까 1등을 못 하셨다고 속상해하실 필요 없습니다."

"맞아요!"

방청석의 이쪽저쪽에서 맞다고 외치는 소리가 들려왔다.

중건은 이어 장경태와 고윤석에게 방송을 마친 소감을 물었다. 장경태와 고윤석은 원래 말수가 적은 편이어서 간단히 소감을 말했다. 그리고 중건은 이번엔 안주섭과 김형일에게 물었다.

"안 셰프님, 김 셰프님, 소감 한 말씀 부탁드립니다."

그런데 그때, 김 피디가 다급하게 종이에 무언가를 써서 중건에게 들어 보였다.

*　　　　*　　　　*

—시간 없음! 소감 짧게 부탁. 빨리 마무리 멘트!

생방송이라 시간이 좀 모자라는지 김 피디가 오른손을 휙휙 돌리며 빠른 진행을 요구했다.

'에이, 안 그래도 짧게 하려고 했다고!'

형일은 빈정이 상하는지 살짝 입을 삐죽거렸다. 안주섭은 얼른 간단히 소감을 말했고, 형일도 하는 수 없이 매우 짧게 소감을 말했다.

"그동안 요리하는 것이 즐거웠습니다. 감사합니다."

형일의 말이 끝나기가 무섭게 중건은 얼른 마무리 멘트를 시작했다.

"이제 〈대결! 요리천하〉 중화요리편이 오늘 생방송을 끝으로 여러분 곁을 떠납니다. 그동안 많은 사랑 주셔서 감사드립니다. 조만간 〈대결! 요리천하〉는 시즌 2로 찾아뵐 것을 약속드립니다. 시즌 2에서는 더 맛있는 요리로 찾아뵐 테니 그때도 많은 사랑, 미리 부탁드립니다."

"네!"

방청객들은 우렁차게 답했고, 중건은 진짜 마지막 멘트를 했다.

"자, 이제 정말 중화요리와는 끝이네요. 정말 맛있는 중화요리! 시청자 여러분들, 내일 가족과 함께 중화요리 맛보러 가시는 건 어떨까요? 지금까지 아나운서 박중건이었습니다. 감사합니다."

"컷! 수고하셨습니다!"

"수고하셨습니다!"

방송 관계자들과 셰프들은 서로 수고했다며 인사를 주고받았다.

드디어 어떻게 지나간 줄 모르겠는 생방송 결승전이 이렇게 끝났다.

"후우. 스승님, 드디어 끝났네요."

"그래, 오늘 잘했어! 너 아니었으면 큰일 날 뻔했다. 오늘 우승한 것도 다 네 덕분이야."

"아휴, 스승님도 참. 다 스승님이 가르쳐 주신 건데요."

그때 안주섭이 다가와 학수에게 말했다.

"축하해, 천 셰프."

"감사합니다."

안주섭의 축하 인사는 이게 다였다. 그는 곧바로 조리대 정리를 위해 자리를 떴다. 물론 형일은 방송이 끝나자마자 벌써 조리대로 가서 말없이 정리를 하고 있었다.

안주섭이 인사를 하고 가자, 장경태와 고윤석도 학수와 호검에게 다가와 축하 인사와 아쉬움을 전했다.

"축하드립니다, 천 셰프님. 중화요리는 천 셰프님을 당해낼 수가 없네요."

"아휴, 뭐 그런 말씀을……. 사실 여기 출연한 셰프님들 모두 실력이 대단하시잖아요. 제가 운이 좋았던 거죠."

"아무튼 몇 달간 참 재밌었네요. 저도 다른 셰프님들께 많이 배우고 갑니다."

"네. 우리 모두에게 좋은 경험이 된 것 같습니다."

"참, 수제자를 참 잘 두셨어요. 나이가 어린데도 실력이 굉장해요. 강 셰프도 축하해요."

호검은 윤석에게 꾸벅 인사를 했고, 학수는 환하게 웃으며 말했다.

"하하. 고 셰프도 실력 좋던데요, 뭘. 딱 리틀 장 셰프님 같아요. 성격도 실력도요."

장경태는 그 말이 듣기 좋은지 윤석을 뿌듯하게 쳐다보며 웃었다.

고윤석은 바로 옆에서 호검과 서로 인사를 나누고 있었다.

"축하해. 역시 잘해. 양손으로 웍을 돌리다니. 나 그거 보고 완전 놀랐잖아."

"감사합니다. 형이 더 잘하시죠. 전 아직 배울 게 많아요."

"겸손하긴. 그래, 앞으로 종종 보자."

장경태와 고윤석은 말수가 적지만 좋은 사람들이었다. 그들은 곧 자신들을 응원하러 와준 지인들에게 인사를 하러 갔다.

주한 중국대사인 마룽도 학수와 호검에게 축하 인사를 건넸고, 이어 둘은 〈아린〉의 직원들에게도 축하 인사를 받았다.

"역시, 우리 사장님이셔!"

"축하드려요!"

"호검 씨도 축하해!"

〈아린〉의 직원들은 학수와 호검을 둘러싸고 서로 축하를 해주느라 바빴다.

"참, 우리 축하주 한잔해야죠! 호호호. 바로 갈까요?"

예슬이 기분이 좋은지 계속 웃다가 물었는데, 학수가 힘이

든다며 말했다.

"시간도 늦었고 하니 다음에 하자고. 오늘 생방송 했더니 기운이 쫙 빠졌어. 나도 늙었나 봐. 음, 다음 주 화요일 일 끝나고 하는 게 어때? 다음 날 쉬니까."

"좋아요! 그럼 사장님은 바로 집으로 가시는 거예요?"

"응. 근데 저기 조리대 정리 좀 하고 스태프들한테 인사도 하고 가야 하니까, 먼저들 가."

"네, 알겠어요."

"그럼 다들 내일 보자고!"

"가보겠습니다! 내일 뵐게요!"

〈아린〉의 직원들은 학수에게 꾸벅 인사를 하고 자리를 떴고, 학수와 호겸은 조리대부터 얼른 정리하러 갔다.

셰프들이 조리대를 정리하고 있는데 김 피디가 다가왔다.

"셰프님들, 그동안 정말 수고 많으셨습니다! 덕분에 방송이 정말 잘됐어요. 하하하."

기분이 좋아서 웃음이 절로 나는 김 피디였다.

"아이고, 고생하셨습니다, 김 피디님!"

셰프들은 다들 김 피디와 악수를 돌아가면서 했다.

"아, 우리 언제 서 셰프님, 백 셰프님, 유 셰프님까지 다 모여서 뒤풀이하셔야죠. 제가 조만간 연락드릴게요. 아, 아니다. 제가 순회공연 돌듯이 따로 감사 인사도 전할 겸 찾아가겠습니다. 셰프님들 요리도 좀 먹을 겸해서요. 하하하."

"네, 그래야죠."

"김 피디님은 언제든 환영입니다."

김 피디와 마지막 인사가 끝나고, 먼저 정리를 마친 주섭과 형일, 경태와 윤석은 떠났다.

이제 학수와 호검도 거의 정리를 끝내고 막 세트장을 나서려고 하고 있었다. 그런데 그때, 홍유진이 어디서 나타났는지 호검의 앞에 갑자기 나타났다.

"호호. 천 셰프님, 강 셰프님, 축하드려요!"

"엇. 유진 씨! 감사합니다."

천 셰프는 눈치를 스윽 보더니 호검에게 말했다.

"나 먼저 차에 가 있을 테니까 얘기하고 와."

학수가 떠나자 유진은 호검에게 해맑은 웃음을 보이며 말했다.

"강 셰프님 나이가 스물여섯이시죠?"

"네."

"전 스물넷이에요. 음, 그러니까 말 놓으셔도 되는데……."

"네? 아, 아직은 좀……."

"그럼 다음에 만날 땐 놓으셔야 해요? 아, 이거요."

유진은 언제 준비했는지 꽃다발을 내밀었다.

"아, 고맙습니다. 예쁘네요."

"제가 더 예뻐요, 꽃이 더 예뻐요?"

유진이 대뜸 물었다.

"네?"

호검은 갑작스런 유진의 질문에 당황해서 어쩔 줄을 몰랐다.

"호호호. 농담이에요. 꽃다발 안에 쪽지 있어요. 그럼 다음에 또 봬요! 꼭이요."

유진은 상큼한 눈웃음을 날리며 먼저 세트장을 떠났다.

"이쁘네, 진짜……."

호검은 유진의 뒷모습을 넋을 놓고 바라보다가 꽃다발을 쳐다보았다. 유진의 말대로 꽃다발 사이에 쪽지가 꽂혀 있었다.

'뭐라고 썼을까……?'

호검은 궁금해하며 쪽지를 펼쳐 보았다.

"안 바쁘실 때 연락 주세요! 010… 으힉? 이거 설마, 홍유진 전화번호?"

호검은 눈이 휘둥그레졌다. 그리고 쪽지의 말미에는 이런 말도 적혀 있었다.

—아린에서 조만간 만나요!

"으아……. 이걸 어떡하지?"

호검은 난감하면서도 기분이 좋았다. 아름다운 탑 여배우가 연락을 달라니! 호검은 이런 꿈 같은 상황이 마냥 신기했다. 일단 호검은 쪽지를 고이 접어서 주머니에 넣어두고 학수의 차로 향했다.

학수의 차를 타고 집으로 돌아오는 길, 학수와 호검은 생방송 때 일들을 곱씹으며 대화를 나누다가, 호검이 이용혁에 대한 이야기를 꺼냈다.

"스승님, 그런데요. 이용혁 말이에요."

"응."

"저 때문에 일부러 혹평을 한 걸까요, 아니면 스승님 때문에 혹평을 한 걸까요? 음, 아니면 진짜 입에 안 맞았나?"

"입에 안 맞는 거 같진 않았어. 잘 먹던데? 일부러 혹평을 한 건 맞을 거야. 흠, 근데 진짜 누구 때문에 혹평을 한 걸까?"

학수도 궁금하다는 듯 고개를 갸웃거리며 말했다.

"저 때문이라면 분명 〈오대보쌈〉을 망하게 하라고 지시한 사람이 또 시킨 걸 거고, 스승님 때문이라면 단순히 스승님과 사이가 안 좋아서 복수하려고 그런 거겠죠?"

"그렇겠지? 근데 둘 중 어떤 걸까……. 우리 둘 다 이용혁과는 사이가 안 좋으니 누구 때문인지 알 수가 없네."

호검은 골똘히 생각하는 듯하더니 갑자기 목청을 높여 말했다.

"아! 그럼, 둘 다? 그 배후 인물이 시켰는데, 자기도 감정이 안 좋으니 겸사겸사 그런 거 아닐까요?"

"정말 그럴 수도 있겠다."

호검은 잠시 말없이 심각한 표정을 지은 채 생각을 해보더니 다시 입을 열었다.

"근데요, 이게 끝일까요?"

"응? 뭐가?"

"이용혁은 기자잖아요. 분명히 이걸로 기사를 낼 것 같은데…… 그 파리 사건 때도 그 자리에서는 잘 무마가 됐다고 들었거든요. 근데 그렇게 해놓고 기사를 아주 나쁘게 써서 냈어요."

"흠, 그래, 이게 끝은 아니겠구나. 어디 어떻게 기사를 내나 한번 보자. 근데 걱정할 필요 없어. 우린 이제 이용혁의 기사 정도로 휘청거릴 위치가 아닐 테니까. 내가 그래서 너한테 프로그램에 나가자고 한 것이기도 해."

"얼굴이 알려지고 유명해지면 그만큼 힘이 생기는 것이니까요?"

"그렇지. 게다가 우린 1등까지 했잖아. 이용혁 기사로 쉽게 흔들리지 않을 거야."

"으음, 그렇겠죠?"

"응. 걱정 마."

호검은 학수의 말이 옳다고 생각했다. 그렇기 때문에 자기도 이 프로그램 출연을 결정한 것이기도 했고. 하지만 이용혁이 어떻게 나올지 모르니 아직 마음속에는 약간의 불안감이 남아 있었다.

*　　　　*　　　　*

다음 날, 〈아린〉에는 예상대로 엄청난 인파가 몰려들었다. 결승전 방송 이전부터 이미 긴 줄을 서서 기본 1시간은 기다려야 〈아린〉으로 들어갈 수 있었는데, 이젠 사람들이 더 많아진 것이다.

그리고 주방은 더 정신 없이 돌아가고 있었다. 학수와 호검이 선보인 메뉴들이 모두 메뉴판에 추가되다 보니 주방 식구들은 점점 더 정신이 없어졌고, 손님이 너무 많아서 힘도 더 들었다.

물론 그동안 호검과 학수가 함께 주방에서 요리를 했지만, 그래도 일손이 부족했다. 그런데 오늘은 가장 바쁜 날임에도 학수가 일이 있어서 호검만 주방에서 일을 하고 있는 실정이었다.

"오늘 사장님 일 있으서? 이렇게 바쁜데?"

식사장이 호검에게 물었고, 호검은 난감해하며 대답했다.

"아, 네. 오늘 급히 처리할 일이 있으시다고……."

지금 〈아린〉의 주방에는 파트의 구분이 거의 없었다. 기본적으로 자기 파트를 하고 있긴 했지만, 한쪽 주문이 몰리면 그

쪽을 도와주고, 다른 쪽 주문이 몰리면 또 그쪽을 도와주는 식으로 일을 하고 있었다. 그러니 잠깐 쉴 틈도 없었다.

"하필 이런 때에……."

식사장은 조금 불만이 생긴 듯한 표정이었다.

그런데 학수도 나름의 사정이 있었다. 바로 손목이 문제였다. 그는 손목을 좀 쉬어줘야 했고, 또한 주방 식구들에게도 들키면 좋지 않기에 주방 일을 할 수 없었던 것이다.

"아하하. 제가 대신 두 명 몫 하고 있잖아요."

호검은 양손으로 웍을 돌리면서 어색하게 웃었다.

"그래, 그나마 그게 다행이라니까."

식사장은 입을 살짝 삐죽대면서 중얼거렸다.

그런데 그때, 주방 문이 열리며 학수가 불쑥 들어왔다.

"어? 스승님!"

호검이 놀라서 학수를 쳐다보았는데, 곧 그는 걱정 가득한 눈빛이 되었다.

'손목 아프셔서 주방일 하면 안 되는데, 왜 오셨지……?'

반면 아무것도 모르는 식사장과 다른 직원들은 구세주가 온 것마냥 환한 미소로 그를 맞았다.

"아휴, 왜 이제 오세요! 사장님이 얼마나 필요했었는데요!"

"내가? 왜?"

학수가 피식 웃으며 물었다.

"이거 크림두반새우 주문 장난 아니에요. 좀 도와주세요!"

칼판장이 징징대듯 말했다. 그러자 학수는 태연하게 고개를 저었다.

"흠, 나 그거 도와주러 온 건 아니고, 바로 다시 나가봐야 해."

"에이. 근데 그럼 왜 들르셨어요?"

"격려차 들렀지."

"치이. 어떻게 격려해 주시려고요? 격려 대신 그냥 일 도와주시지……."

칼판장이 손으로는 계속 칼질을 하면서 투덜댔다. 그러자 학수가 빙긋 웃더니 손뼉을 쳐서 주방 직원들을 주목시켰다.

"자자, 잠깐만 주목해 주세요. 여러분들 고생 많으신 거 잘 압니다. 감사합니다. 그래서 말인데요……."

학수가 무슨 말을 하려나 하고 주방 직원들이 귀를 쫑긋 세웠다.

"이번 달부터 여러분 월급이 30프로씩 인상됩니다!"

　학수의 말을 들은 주방 직원들은 너무나 파격적인 인상에
자신들이 잘못 들었나 하고 되물었다.

"네에?"

"다시 한 번 말씀드릴까요? 여러분들 월급이 이번 달부터
30프로 인상된다고요!"

　학수가 큰 소리로 다시 말했다.

"와아!"

　주방 직원들은 처음엔 어안이 벙벙해서 있더니 곧 환호성
을 지르며 좋아했다. 직원들의 좋아하는 모습을 보니 학수도

마음이 흐뭇했다.

"어때요, 격려가 되죠?"

"엄청 됩니다! 힘이 막 블끈불끈 솟네요!"

"사장님, 감사합니다!"

칼판장은 손에 들고 있던 칼을 높이 치켜들며 환호했고, 면장은 손에 든 밀가루 반죽을, 튀김장은 튀김 건지는 체를, 식사장은 소스를 휘젓던 숟가락을 높이 들며 환호했다.

그때, 설거지를 하고 있던 임옥분이 손을 번쩍 들고는 물었다.

"저, 사장님, 저도 포함 되나요?"

"그럼요! 아주머니도 여기 주방 직원이시잖아요. 하하하."

"오! 정말 감사합니다!"

"와, 역시 우리 사장님은 통도 크시고, 우리 〈아린〉이 잘 안 될 수가 없어. 이렇게 좋은 사장님이 경영하시는 데 당연히 잘 되어야 하지, 암, 그렇고말고!"

"그렇지, 그렇지. 우리 사장님은 천사시지!"

주방 직원들은 아부하듯 학수를 칭찬했다.

"아하하하. 자자, 1절만 해요! 저는 일 때문에 가볼게요. 다들 그럼 수고하세요!"

"네!"

"주방 걱정은 마시고 편히 다녀오세요! 하하하."

식사장도 기분 좋게 웃으며 학수를 보내주었다.

한편, 〈팔선정〉도 많은 사람들로 붐비고 있었다. 기본적으로 방송에 출연했으니 사람들이 많이 오는 것은 당연했다. 하지만, 기다리는 줄이 아주 길거나 하지는 않았다. 〈팔선정〉의 사장 박선정은 손님들이 많이 늘었음에도 불만이 가득했다.

"손님이 많이 늘면 뭐해요? 〈아린〉은 더 많이 늘었는데요! 내 목표는 〈아린〉보다 더 잘되는 것이라고요!"

선정은 주섭과 형일에게 투덜댔다. 주섭은 선정이 딸뻘이니 그냥 귀여운 투정이라고 생각하고 별 신경을 쓰지 않았다. 물론 선정도 거의 형일에게 투덜대는 것이나 마찬가지였다. 형일은 굉장히 기분이 나빴다.

'이 정도 늘었으면 대박이지, 뭘 굳이 〈아린〉이랑 비교하면서 우릴 쪼는 건데? 쳇. 나 들으라고 하는 소리지, 후우. 괜히 이리로 옮겼나?'

형일은 후회가 되려고 했다. 사실 결승전에서 패배한 이후 그냥 학수 밑에서 참고 있었으면 자기가 1등 팀이 되는 건데 괜히 그랬다는 생각이 시도 때도 없이 계속 들고 있었다.

"부주! 무슨 딴생각을 그렇게 해요? 해삼완자 주문 밀렸어요!"

선정은 잠시 멍하니 서 있는 형일에게 앙칼지게 소리치고는 주방을 나가 버렸다.

"만족을 몰라, 만족을……."

형일이 입을 삐죽거리며 중얼대자, 옆에 있던 주섭이 말했다.

"원래 욕심 많은 거 몰랐어? 그러니까 자네도 데려온 거지."

"후우."

사실 대단한 중식요리사들의 대결에서 3등을 한 것이고, 손님도 많이 늘었으니 형일이 그다지 선정에게 기죽을 것도 없었다. 그런데도 선정이 계속 불만이 가득하자, 형일은 잘되게 해 줬는데도 좋은 소리 한번 해주지 않는 그녀가 야속했다.

"조심해. 박 사장 인정사정 없어. 이전 부주 단칼에 자르고 자네 영입하는 거 봐."

주섭의 말이 맞았다. 다른 부주방장 영입한다고 그 전 부주방장을 바로 자른 냉정한 그녀였다.

"근데, 월급 인상 얘기는 언제 하려나?"

갑자기 주섭이 궁금한 듯 중얼거렸다. 그의 말에 형일이 걱정스럽게 물었다.

"맞다, 월급! 인상해 주긴 해주겠죠?"

"음, 모르지. 저렇게 불만이 가득하니……. 에이, 조만간 월급 인상 얘기 없으면 직접 가서 담판을 지어야지."

주섭도 이제 살짝 툴툴댔다. 형일은 월급 인상 얘기는커녕 짜증만 내는 선정 때문에 자신도 짜증이 났다.

'쳇… 마음을 곱게 써야지. 이러니 첨부터 〈팔선정〉이 〈아린〉한테 지고 있었지. 평생 가도 못 이길 거다! 아, 그럼 안 되는데……. 내가 지금 무슨 생각을 하는 거야?'

형일은 정신을 차리려는 듯 고개를 좌우로 젓더니 침울한 표정으로 요리를 만들기 시작했다.

*   *   *

학수는 그날 병원에 갔다가 집에서 좀 쉬었다. 그리고 다음 날 출근을 했는데, 출근을 하자마자 예슬이 쪼르르 달려와 어깨를 축 늘어뜨리며 말했다.

"사장님, 오늘도 일 있으세요?"

"으음, 오늘은 좀 알아볼 게 있어. 왜?"

"그럼 사장실에서 그냥 알아보시면 안 돼요? 어제 전화가 얼마나 많이 왔었다구요……. 저 완전 이렇게 녹초가 됐다니까요. 그놈의 전화 때문에요!"

예슬은 자기가 힘들었던 걸 알아달라며 툴툴거리는 척했다. 학수는 예슬의 툴툴거림에 피식 웃으며 물었다.

"무슨 전화가 그렇게 많이 왔는데?"

"예약 문의 전화는 그렇다치고요, 섭외 전화 장난 아니었어요! 참, 어제 다짜고짜 방송국이라면서 찾아와서 근황 찍어갔어요. 그건 어떻게 막을 방법이 없어서……."

"괜찮아, 그 정도는. 이제 내가 방송 출연까지 했는데, 뭐. 근데, 무슨 섭외 전화였는데?"

"자세한 건 제가 적어놨는데……. 일단 요리 프로는 3개 정도 왔었고요, 그냥 단순 식당 소개가 2개, 그리고 예능 비슷한 거 2개요."

예슬은 눈을 이리저리 굴리며 기억나는 대로 읊었다. 예슬은 기억력이 좋은 편이라 적어놓은 것을 보지 않고도 이 정도는 말할 수 있었다.

"나한테만 온 거야?"

"요리 프로 2개는 사장님 단독, 1개는 호검 씨랑 같이, 그리고 예능은 두 분 같이요. 근데 강 셰프 섭외 전화는 따로 또 몇 건 있었어요."

"그래? 호검이는 뭐래?"

"일단 다 거절해 달라고 해서 그렇게 했어요."

"음, 그렇겠지."

"전 나가보라고 했는데, 그럴 시간 없다고 막 그러더라고요. 그렇긴 하죠. 요리사라는 직업이……."

"그래, 알았어. 섭외 전화 연락 왔던 데 적은 쪽지는?"

"여기요. 직접 거절하시게요?"

예슬이 쪽지를 건네며 물었다.

"일단 좀 훑어볼게. 그럼……."

"참! 사장님! 어제 매출 대박이었어요!"

예슬이 박수를 짝 치더니 갑자기 활짝 웃으며 말했다.

"그래? 잘됐네. 대박이어야 우리 직원들 월급을 잘 주지."

"맞아요! 호호호. 그래서 말인데요."

예슬이 학수의 눈치를 보며 운을 뗐다. 학수는 예슬이 또 무슨 말을 하려고 이러나 하고 그녀를 빤히 쳐다보았다.

"〈아린〉 2호점 내실 생각 없으세요?"

예슬이 발랄한 목소리로 물었고 학수는 헛웃음을 웃었다.

"허허. 우리 황 매니저는 마인드가 경영자 마인드야. 나보다 더 사장 같아. 벌써 그런 생각까지 했어?"

"사장님 그동안 모아둔 돈 좀 있으시죠? 아, 별로 없어도 지금 추이로 봐서는 금방 모으실 거 같아요. 그러니까 지금부터 차근차근 2호점 낼 준비를 하시는 거죠. 어때요?"

"내가 오너 셰프인데, 2호점 주방은 그럼 누가 맡고?"

"호검 씨 있잖아요! 젊고, 실력 좋은 호검 씨요!"

예슬은 한 치의 망설임도 없이 호검의 이름을 말했다.

"호검이?"

"벌써 실력은 되지 않아요?"

"음, 그렇긴 하지. 근데, 호검이는 안 돼."

호검은 곧 다른 요리들을 배우고 더 큰 세계 무대로 나가야 한다는 걸 학수는 잘 알고 있었다. 그리고 자신이 철수 대신 그를 잘 밀어주려고 생각도 하고 있었다.

"왜요?"

예슬이 의아하다는 듯 눈을 동그랗게 뜨고 물었다.

"아무튼 안 돼. 그리고 아직 2호점은 시기상조야. 좀 더 두고 보자고."

"미리미리 생각해 두는 게 좋은데, 아, 그럼……."

예슬은 이번엔 또 다른 아이디어가 있는 듯했다. 학수는 일단 들어나 보자는 생각으로 피식 웃으며 물었다.

"또 뭐?"

"확장하시는 건 어때요?"

"확장?"

"네, 다른 곳으로 확장 이전 하시는 거죠! 이건 괜찮죠?"

그건 괜찮은 생각이었다. 지금 〈아린〉에 사람들이 너무 많이 와서 기다리다 못 먹고 가는 사람들도 많았기 때문이다. 그리고 확장이라면 주방 직원들을 더 뽑아서 꾸려가면 될 것이었다.

"흠, 그건 생각해 볼게."

"좋아요! 역시 우리 사장님은 제 말을 잘 들어주신다니까! 호호호. 아참, 사장님 홀 직원도 좀 모자른데……."

"그래? 그럼 공고 내. 2명 정도 더 뽑으면 되겠지?"

"네! 아니, 우선 1명만 더 뽑으면 될 것 같아요."

"그래, 알아서 해. 공고 내고, 면접 보고, 최종 면접만 나한 테 데려와. 오케이?"

"예썰!"

예슬이 오른손을 모아 이마에 댔다가 떼며 말했고, 학수도 예슬을 흉내 내며 인사를 받아주었다. 학수는 항상 애정을 가지고 〈아린〉의 발전을 생각하는 예슬이 기특했다.

'내가 사람 보는 눈은 좀 있어. 음… 뭐, 몇몇 실패한 사람 도 있긴 하지만.'

학수는 예슬과 대화를 마치고 사장실로 곧장 가려다가 주 방으로 향했다. 그리고 재석에게 주방 보조 공고를 내라고 시 켰다. 홀에도 사람이 부족하다니까 아무래도 주방 직원도 부 족할 거라 생각이 들었던 것이다.

그리고 잠시 호검을 사장실로 불렀다. 학수는 호검과 소파 에 마주 앉아 대화를 시작했다.

"호검아, 이제 방송도 다 끝났고, 내가 가진 레시피는 거의 다 가르쳐 줬으니 슬슬 다른 요리 배우러 가야 하지 않니?"

"지금 여기 너무 일이 너무 바쁜데 저까지 없으면 안 되잖 아요. 스승님 손목도 다 나으셔야 하고요. 아직은 괜찮아요."

호검은 스승인 학수가 힘든데 이기적으로 다른 요리를 배 우러 떠날 수는 없었다.

"음, 당장 가는 건 아니더라도 어떤 요리를 배우러 갈 거고, 누구한테 배울 건지는 정해야 차근차근 준비하지 않겠어?"

학수는 미리미리 준비해서 나쁠 것 없다는 주의였다. 호검은 학수를 안심시키기 위해 계획을 털어놓았다.

"음, 사실 다음엔 일식을 배우러 갈 계획이에요."

호검의 말을 들은 학수는 반색을 하며 기다렸다는 듯이 말을 이었다.

"오! 그럴 줄 알았어! 그래서 내가 민석이한테 아는 유명한 일식요리사 있냐고 물어봤거든? 그랬더니 아는 유명한 일식요리사가 있대. 김민기라고……."

"아, 저도 그분께 배우러 갈 생각이었어요. 아버지도 그분께 배우라고 하셨었거든요."

"그래? 근데, 너 이미 내 수제자로 얼굴이 알려져서 일식 배우러 가기에 불편하지 않겠니? 그래서 말인데, 민석이한테 부탁해서 개인적으로 배우러 가는 건 어때? 주방에 취직하지 말고 말이야."

학수는 호검을 위해서 이런저런 생각을 많이 해 본 모양이었다.

"감사해요. 이렇게 절 생각해서 알아봐 주시고요. 근데 전 그분이 제가 아버지 아들이란 걸 모르게 들어가야 하는데……."

"응? 그래? 왜?"

"사실은……."

호검은 학수에게 그 사람이 이용혁과 친분이 꽤 두터운 것 같다고 전했다.

"정말? 그럼 일부러 그 사람을 지켜보려고 들어가는 거야?"

"뭐, 그렇기도 하고, 진짜로 그 사람이 일본 요리는 잘한다고 하기도 하고요."

"음, 근데 만약 그 사람이 범인이라면 네 얼굴을 모를 리 없잖아?"

"저도 그래서 고민인데요, 음… 변장을 하고 들어갈까 싶어요."

"변장?"

학수는 변장이 통할지 의문인지 고개를 갸웃거렸다.

"네! 머리는 뽀글 파마를 하고 굵은 뿔테 안경을 쓰면 잘 못 알아보지 않을까요?"

호검은 손가락을 동그랗게 해서 안경 모양을 해 보이며 말했다.

"뽀글 파마라……."

"삭, 삭발이 나을까요?"

호검은 삭발은 조금 두려운지 더듬거리며 물었다. 학수는 잠시 고민하더니 다시 말문을 열었다.

"음, 그럼 외모는 어떻게 변장을 한다 치고, 이름은? 이름은 어떡할 건데? 이력서 들어가야 하잖아?"

"그냥 무급으로 일 좀 배우겠다고 하면 이력서 안 보여줘도 되지 않을까… 요?"

"무급이라고 하면 뭔가 의심할텐데……. 요즘 무급으로 일 해주는 사람도 별로 없거니와 무급으로 일한다고 하면 돈 대신 그만큼의 요리법을 배워가려고 할 테니, 뭔가 경계하지 않나?"

"아……. 그런가요? 이거 무슨 방법 없나……. 꼭 그 사람한 테 배워야 하는데……."

호검이 고민이 되는지 미간을 찌푸리며 입에 힘을 주었다.

잠시 학수도 호검처럼 인상을 쓰고 무언가를 생각하는 듯 하더니 갑자기 표정이 밝아지며 물었다.

"그럼 이렇게 하는 건 어때?"

"어떻게요?"

＊   ＊   ＊

학수가 호검 쪽으로 몸을 가까이 하더니 눈을 반짝이며 말 했다.

"일단 네가 변장을 하고, 그다음에 민석이한테 부탁을 하는 거지. 그 김민기 셰프가 하는 일식당에 취직 좀 시켜달라고."

"스승님, 제가 우리 아버지 아들인 걸 알면 안 된다니까요. 그래서 소개로 들어가면 안 되는데……."

호검은 학수가 잊었나 싶어 다시 한 번 설명했다. 그러자 학수가 그의 말을 자르고 이어 말했다.

"내 말 끝까지 들어봐. 민석이한테 너를 다른 사람 이름으로 소개시켜 주라고 하는 거야. 그러니까 강호검이 아닌 다른 이름으로 말이야."

"아……!"

"그리고 무급으로 기본적인 일만 좀 배우게 해달라고 부탁을 하는 거지. 이러면 민석이가 소개해 준 사람이니 별 의심 없이 널 받아줄 거야. 무급이라도 그냥 일 배우려고 하나 보다 하고 말이야."

"오!"

호검이 고개를 끄덕이며 감탄사를 내뱉었다.

"어때?"

"괜찮은 방법 같아요! 그럼 의심도 별로 안 받을 거고요."

"그렇지?"

호검은 학수의 생각이 꽤 괜찮다고 생각했다. 하지만 동시에 민석에게 미안한 생각도 들었다.

"네. 근데, 나중에 제가 강호검인 게 밝혀지면 민석 아저씨가 곤란해지시지 않을까요?"

"끝까지 안 밝혀지면 돼. 네가 변장을 하고 있는 한 밝혀질 일은 거의 없을 거야. 변장만 잘한다면 말이야. 유명한 중식요리사가 갑자기 일식집에서 무급으로 일한다는 게 말이 안 되잖아. 의심하지 않을 거야!"

"그래도 만약에 밝혀지면 민석 아저씨가 곤란하실 텐데…… 죄송해서……."

"음, 네가 민석이도 속였다고 하면 어때? 그건 말이 안 되나? 흠, 근데 다른 방법이 없잖아? 일단 민석이한테 부탁해 보자."

"후우. 다른 방법이 별로 없긴 해요."

호검이 작게 한숨을 쉬며 말했다. 그러자 학수는 호검의 어깨를 두드리며 그를 위로했다.

"그래. 그리고 만약 그 김민기라는 요리사가 네 아버지의 식당을 망하게 한 주범이라면 민석이도 그 정도 속인 일로 그 사람한테 미안해하지 않을 거야."

"근데 만약 아니라면요?"

호검이 계속 걱정스러운 표정으로 물었다.

"아니라면… 끝까지 네 정체를 숨기면 되지. 그 사람이 범인이라면 네가 네 정체를 밝히겠지만, 아니라면 그럴 필요 없으니까. 그럼 사실 네가 이름을 속이고 들어가서 특별히 그 김

민기라는 사람한테 해를 끼칠 것도 없는 거잖아? 그냥 요리만 배우는 거지. 안 그래?"

"네, 그렇긴 해요. 전 그냥 요리 배우고, 일하고, 그분을 좀 관찰하는 정도만 할 거니까요."

호검이 이제 좀 걱정이 덜 되는지 표정을 풀고 고개를 끄덕였다.

"그럼 됐지, 뭐. 조만간 안 그래도 민석이 만나려고 하던 참이었으니까 그때 물어보자."

"네, 신경 써주셔서 감사합니다."

"우리 수제자 일인데 당연히 신경 써야지. 내 친구 철수 아들 일이기도 하고."

학수는 인자한 미소를 보였다. 학수는 사실 호검을 도와주면서 철수에게 미안한 마음을 조금이나마 덜 수 있어서 좋았다. 또한 믿음직스러운 제자를 얻게 된 것도 좋았고 말이다.

"참, 스승님 손목은 어떠세요? 병원에서는 뭐래요?"

"뭐, 병원에서야 맨날 쉬라고 하지. 근데 그럴 수가 있나……."

"제가 일단 계속 스승님 대신 요리 잘하고 있을 테니까요, 손목 쓰지 마시고 푹 쉬세요."

"그래, 고맙다. 한 2주 정도 쉬면 괜찮아질 거야. 그동안만 좀 고생해 줘."

"네! 걱정 마세요! 그럼 전 다시 내려가 볼게요."

호검이 소파에서 일어서며 말했다.

"어, 그래. 아 참. 이거 가져가서 주방 게시판에 붙여줘."

학수가 호검에게 무언가가 적힌 A4 용지 한 장을 건넸다.

"네!"

호검은 학수가 건넨 A4 용지를 들고 주방으로 향했다. 그는 주방에 들어가자마자 게시판에 종이를 붙였다.

"사장님이 이 공지 다들 보라세요!"

"우리 바쁘니까 네가 좀 읽어줄래?"

식사장이 호검은 쳐다보지도 않고 큰 소리로 말했다. 다른 직원들도 동의하며 호검에게 읽어달라고 했다.

"음, 알겠어요. 읽을게요!"

"어! 크게 읽어줘!"

"네. 아아. 음음."

호검은 목청을 가다듬더니 공고를 읽기 시작했다.

"2차 수제자 선발전……."

호검이 공고의 첫 글귀를 읽자마자 주방 직원들은 놀라서 큰 소리로 떠들어대기 시작했다.

"뭐? 수제자 선발전? 그걸 올해 또 한다고?"

"수제자 선발전을 또?"

"오! 좋아! 근데 왜?"

주방 직원들은 학수에게 질문하고 싶은 것을 호검에게 마구 질문했다.

"음, 저도 잘 몰라요."

호검은 일단 잘 모르겠다고 답했다. 물론 호검이 곧 다른 요리를 배우러 가야 해서 다른 수제자를 뽑아야 하는 것이었지만, 호검이 그걸 미리 말할 순 없었다.

그런데 마침 식사장이 추측해서 설명을 늘어놓았다.

"형일이가 나갔잖아. 그러니 수제자가 둘이 아니라 호검이 하나가 됐고. 그리고 이렇게 〈아린〉 장사가 잘되니까 수제자도 좀 더 있어야겠단 생각이 드신 거지. 아무튼 굉장히 환영할 일이야. 하하하."

"오, 그렇네요. 맞다!"

"역시 식사장님은 잘 아셔!"

호검은 식사장이 대신 알아서 설명을 해주니 편했다. 그 추측이 맞든 틀리든 상관은 없으니까. 사실 수제자를 또 뽑는다는 것이 중요하지, 그 이유는 그다지 중요하지 않았다.

"일시는 2007년 9월 12일 수요일 오전 11시고요⋯⋯."

"9월 12일이면 한 달 뒤네?"

"근데 우리 이렇게 바빠서 뭐 준비나 할 수 있겠어?"

주방 직원들은 호검이 한마디 할 때마다 그것에 대해 이쪽저쪽에서 떠들어댔다. 이번 과제는 3월과는 달리 단 하나의 요리만 하면 되었는데, 학수가 재료를 주면 그걸로 할 수 있는 요리를 만들면 되는 것이었다.

"그나마 쉽네! 요리도 하나만 하면 되고 말이야."

칼판장이 만족스럽게 말했다. 호검은 공고의 내용을 다 읽어주고 나서 대영의 옆자리로 돌아왔다. 그리고 크림두반새우에 들어가는 부유계편을 만들기 시작했다.

*   *   *

며칠 후, 학수가 아침에 〈아린〉에 출근을 하자마자 예슬이 씩씩거리며 학수를 쫓아왔다.

"사장님! 기사 보셨어요?"

"어? 무슨 기사?"

"얼른 가보세요."

예슬이 학수를 뒤에서 떠밀다시피 하며 이미 사장실로 가고 있는 그를 더 빨리 가도록 재촉했다.

"무슨 기사길래 그래?"

학수는 살짝 불길한 예감이 들었다. 예슬이 씩씩거리는 걸 보니 분명 좋은 기사는 아닐 것이라는 생각이 들었기 때문이다.

예슬은 학수를 따라 사장실로 들어오더니 학수에게 컴퓨터를 켜라고 했다.

학수가 컴퓨터를 켜자, 그녀는 곧바로 포털로 접속했다. 그리고 뉴스를 하나 클릭해서 학수에게 보여주었다.

"자, 여기 보세요! 이용혁, 이 인간이 뭐라고 썼는지 말이에요!"

이용혁이란 말에 학수는 일단 인상부터 써졌다. 그는 인상을 쓰고 뉴스를 읽기 시작했다.

[푸드 칼럼니스트 이용혁의 솔직대담 ─ <대결! 요리천하> 결승전의 요리를 맛보다]

일단 제목에서부터 이건 학수와 호검의 이야기가 나오지 않을 수 없는 내용일 거라 추측이 되었다.

"으음……."

성질이 난 예슬이 빨리 말을 하고 싶어서 안달이 나는지 아직 내용을 다 보지도 않았는데 대뜸 물었다.

"거기 내용이 뭔지 아세요?"

"지금 읽고 있잖아. 가만있어 봐. 진정 좀 하고."

"후우. 알았어요."

[…… 천 셰프림의 크림두반새우는 중국 요리라기보다는 요상한 퓨전 요리에 가까웠다. 물론 맛은 있었다. 하지만 크림두반새우는 자극적인 조미료를 넣어 사람들을 현혹하는 그런 요

리였다. 그러니 당연히 득표를 가장 많이 얻을 수밖에.

진정한 중국 요리의 정신은 장 셰프팀의 칠보완자에 담겨 있었다. 요리 과정 자체도 쉽지 않을 뿐만 아니라 소스와 양념에는 깊은 맛이 그대로 배어 있다. 달지도 않고 짜지도 않고 느끼하지도 않고, 시큼하지도 않은, 구수하고 감칠맛이 살아 있는 정통 중국 요리를 맛본 느낌이었다.

칠보완자야말로 진정한 중화요리의 최고봉이라고 칭할 만하다. ……]

학수의 표정이 점점 더 일그러졌다. 옆에서 보고 있던 예슬이 이제 학수가 기사를 다 읽을 시간이 된 것 같자, 곧바로 입을 열었다.

"이 인간은 도대체 뭐가 그렇게 불만인지! 쳇. 자극적인 조미료라니, 무슨 진짜 조미료로 맛 낸 거처럼 써놨어요. 자기가 칠보완자가 맛있었으면 그거만 맛있었다고 쓰면 되지, 왜 우리 요리는 걸고넘어지냐고요! 짜증 나 죽겠어요! 손님들 줄면 어떡하죠?"

"으으음……. 할 수 없지, 뭐."

학수는 이걸 어떻게 할 방도가 없다는 걸 알고 있었다.

"아, 정말! 사장님은 걱정도 안 되세요? 천하태평이시라니까!"

"걱정이야 되지만……. 요리사는 그냥 요리를 더 맛있게 만드는 수밖에는 없잖아?"

학수는 그저 떨떠름한 표정으로 기사를 다시 보았다. 그런데 스크롤을 내리다 보니 댓글이 눈에 들어왔다.

"어? 황 매니저, 여기 댓글은 봤어?"

"아뇨. 같이 욕해놨으면 더 화날까 봐 안 봤어요. 왜요? 막 다들 그럼 그렇지, 막 그런 거면 말씀해 주지 마세요."

"그런 게 아닌데? 베스트 댓글 봐봐."

"그래요? 그럼, 어디 봐요."

예슬이 컴퓨터 화면에 얼굴을 들이밀었다.

[자칭미식가 : 내가 〈아린〉 직접 가서 크림두반새우 먹어봤는데, 진짜 맛있어요! 판단은 직접 드셔보시고 하시길! 근데, 아무리 자기 입맛에 안 맞았다고 해도 이렇게 맛있게 먹은 사람들 입맛까지 폄하해야 직성이 풀리시나, 이 기자님은? 심보가 고약하시네! 추천 520 비추천 14]

"오호! 내가 할 말 이분이 대신 해주셨네!"

예슬은 대번에 활짝 웃으며 좋아했다. 그리고 바로 밑의 댓글도 읽어보기 시작했다.

[sologreen : 그때 방송에서 주한 중국대사인가? 중국 본토 사람이 맛있다고 극찬했는데? 근데 한국인 푸드 칼럼니스트가 중국 요리가 아니라 요상한 퓨전 요리라고? 뭔 자신감이지? 추천 364 비추천 9]

[맛은 직접 먹어보고 각자 평가하면 된다! 난 극호였다. 추천 167 비추천 5]

"아싸! 이럼 뭐 다들 직접 먹어보러 여기 더 와보겠는데요? 호호호."

예슬은 기분이 좋아져서 더 스크롤을 내려보았다. 그러다 갑자기 예슬이 손가락을 멈추더니 눈을 동그랗게 떴다.

"어?"

[홍유진도 크림두반새우 완전 맛있다고 인터뷰했던데? 난 홍유진을 믿겠다.]

"홍유진이 인터뷰를?"

예슬은 얼른 포털의 연예란 메인 페이지로 이동해서 홍유진의 인터뷰를 찾아보았다.

홍유진은 워낙 유명해서 기사만 났다 하면 거의 메인 페이지에 걸리기 때문이다.

"여기 있네! 홍유진, 드라마 〈푸드레시피〉 출연 확정! 단독 인터뷰. 〈푸드레시피〉면 요리 드라마인가 보네?"

예슬은 얼른 홍유진의 인터뷰를 클릭해서 내용을 살펴보았다. 요리 드라마에 출연하니 요리에 관한 질문들이 많았는데, 그중에서도 최근에 가장 맛있게 먹은 요리에 대한 질문이 있었다.

[〈대결! 요리천하〉 결승전에서 맛본 천 셰프님과 강 셰프님의 크림두반새우가 정말 맛있었어요. 그 요리로 우승하셨죠. 호호호. 정말 그럴 만한 요리였어요. 조만간 천 셰프님 중식당

에 들를 예정입니다. 그럼 두반새우 먹으러요!]

"오케이! 좋았어! 사장님, 걱정할 필요 없겠어요. 호호호. 홍유진이 조만간 온다고 그랬으면 홍유진 팬들까지 몰려오겠네! 재료 더 준비하라고 하셔야 할 것 같은데요? 새우 더 주문할까요?"

예슬은 신이 나서 마구 앞서 나가기 시작했다.

"진정해, 황 매니저. 하하하. 오늘 추이 봐서 결정하자고 그건. 이거 오늘 난 기사 맞지?"

"네, 둘 다 오늘 아침에 난 따끈따끈한 기사네요."

"그래, 그럼 이제 가서 일 봐. 참, 호검이 좀 잠깐 오라고 해줘."

"네! 이 기사 보여주시려고요? 그럼요, 그럼요. 이런 건 같이 봐야죠! 호호호."

예슬은 계속 웃으면서 사장실을 나갔다.

잠시 후, 호검이 사장실로 들어왔다.

"안녕하세요, 스승님! 황 매니저님이 무슨 기사 얘기를 하시던데……."

"아, 그거?"

학수는 방금 봤던 기사와 댓글들을 보여주었다.

"오히려 잘됐네요? 하하하."

"그만큼 우리 팬이 많이 생겨서 그럴 거야. 텔레비전 출연이 좋긴 좋네."

"네, 그렇네요. 근데, 그거 말씀해 주시려고 부르신 거예요?"

"아니. 민석이랑 약속 잡았어. 오늘 브레이크 타임에 보기로 했으니까 점심시간 끝나면 바로 조리복 갈아입고 문 앞으로 나와."

"아, 네!"

"근데, 참, 홍유진은 언제 오려나? 혹시 알아?"

학수가 씨익 웃으며 물었다.

*   *   *

학수의 물음에 호검은 살짝 당황하며 대답했다.

"어어, 전 당연히 모르죠."

"그래? 난 또 그때 방송 끝나고 여기 온다고 약속이라도 잡은 줄 알았지. 하하. 나가봐."

학수는 호검을 살짝 놀리듯 말했고, 호검은 꾸벅 인사를 하고 사장실을 나왔다. 사실 호검은 홍유진이 연락처를 알려줬음에도 아직 연락을 못하고 있었다.

'여자가 먼저 연락처를 알려줬는데 연락을 안 하면 예의가 아닌가? 해봐야 하나……? 뭐 이런 경험이 있어야 말이

지······.'

물론 홍유진이 예쁘고 참해 보여서 호검도 그녀가 싫지는 않았다. 그런데 그녀가 너무 유명해서 친하게 지내기가 부담스러운 것도 사실이었다. 그리고 실제로 만나보면 또 그녀의 실제 성격은 어떨지 알 수도 없는 노릇이고.

그리고 무엇보다도 지금 호검은 여유가 없었다. 중국 요리를 배우느라 바빠서 살짝 썸을 탔었던 고아원 친구 수정과도 흐지부지된 상황이었다.

'에이, 모르겠다. 우선 일이나 해야지! 지금 그런 고민할 새가 어딨어······.'

호검은 후다닥 주방으로 뛰어 내려갔다.

브레이크 타임이 되자, 학수와 호검은 민석을 만나러 근처 한정식집으로 향했다. 민석이 한식을 좋아하기 때문에 한정식을 먹기로 한 것이다.

한정식 집에 도착하자 민석이 이미 방에 자리를 잡고 앉아서 그들을 기다리고 있었다.

"오, 먼저 와 있었네! 오늘 수업 없어?"

학수가 민석의 맞은편 자리에 앉으면서 물었다.

"어, 왔어? 수업은 이따가 저녁에 있어. 호검아, 오랜만이야 그치?"

"안녕하세요, 아저씨. 자주 못 찾아봬서 죄송해요."

호검이 꾸벅 인사를 하고는 미안해하면서 말했다.

"너 요즘 엄청 바쁜 거 아는데 뭐. 하하. 근데 나보다 수정이가 너 학원에 몇 달 전에 한 번 오고는 안 온다고 툴툴대더라."

"아, 네……. 그래도 언제 한번 가야 하는데……."

호검이 난감한 듯 말끝을 흐렸다.

"그래, 조만간 한번 와."

"네, 아저씨."

옆에 있던 학수는 민석의 말을 듣고 수정에 대해 궁금한지 대뜸 학수에게 물었다.

"이름이 수정이면, 여자?"

"어. 우리 보조 강사 하는 예쁜 아가씨 있어. 호검이랑 동갑내기. 둘이 꽤 친했지."

"오, 호검이 인기남이었구나! 너, 배우 홍유진 알지?"

학수가 호검을 팔꿈치로 툭 치며 띄워주더니 홍유진 이야기를 꺼냈다.

"그럼, 알지. 너네 나갔던 요리 대결 프로그램 결승전에도 나왔었잖아."

"응, 맞아. 그 홍유진이 호검이한테 엄청 관심을 보이더라고."

"오호. 요즘 요섹남이 대세라잖아."

"요섹남?"

"요섹남 몰라? 나도 우리 수강생들한테 들었는데, 요리 잘하는 섹시한 남자라나 뭐라나. 특히 여자들이 파스타를 그렇게 좋아하잖아? 그래서 우리 학원에 요즘 남자 수강생이 팍늘었어. 하하하."

민석과 학수는 젊었을 때부터 친구 사이였어서 그런지 농담도 하면서 아주 편하게 대화를 나눴다. 한정식 코스 요리가하나씩 나오는 동안은 거의 서로의 근황과 출연했던 〈대결! 요리천하〉 이야기, 다른 셰프들의 이야기를 나눴고, 모든 요리들이 다 나오고 마지막 식사가 시작되자 본론으로 들어갔다.

"민석아, 있잖아. 저번에 네가 말했던 그 일식 요리사 말이야."

"아, 김민기? 안 그래도 예전에 너한테 중식 배우러 가기 전에 호검이가 일식도 배우러 갈 거라고 했었는데. 그치, 호검아?"

"네. 근데 이번엔 아저씨께 부탁 좀 하려고요."

"부탁? 내가 그럼 민기한테 소개시켜 줄까?"

민석이 거침없이 물었다. 그러자 호검 대신 학수가 조심스럽게 말했다.

"음, 그게. 소개긴 소갠데, 호검이는 이미 너무 알려져서 다른 이름으로 소개해 주면 안 될까?"

"다른 이름? 근데 이미 얼굴을 다 알 텐데?"

민석이 의아해하며 되물었다.

"그래서 호검이가 변장을 좀 하려고 하거든. 사실 내 수제자인 거 사람들이 다 아는데 일식 요리 배운다고 가면 좀 구설이 나지 않겠어? 나랑 사이가 나빠져서 그런가, 이런 의심도 받을 수 있고, 또 괜히 주목도 받게 되고 말이야."

"하긴. 그건 그렇지."

민석이 고개를 끄덕이며 숭늉을 한술 떠먹었다. 그러더니 갑자기 웃으며 말했다.

"근데 변장을 한다고? 훗, 이거 무슨 잠입 수사 같은 느낌인데? 근데, 영화 같은 데서 보면 보통 잠입 수사는 나중엔 꼭 들키던데……"

민석이 살짝 걱정스러운 듯 말했다.

"뭐, 일단 끝까지 설명은 들어보자. 계속해 봐."

민석은 일단 더 말해보라고 했고, 학수는 이어서 그들의 계획을 설명했다.

학수의 설명을 천천히 다 들은 민석이 정리해서 물었다.

"그러니까, 내가 호검이를, 강호검이 아닌 다른 이름으로 민기한테 소개를 하고, 무급으로 일하게 해달라고 부탁을 해달라는 거지?"

"응, 맞아."

"근데 호검아, 무급으로 일하면 너 뭐 먹고 살려고?"

"아, 좀 모아둔 돈도 있고, 따로 시간 날 때 하는 알바 같은 거 있어요. 하하."

호검이 말하는 시간 날 때 하는 알바란 바로 K호텔 강 이 사에게 요리를 해주는 것을 말했다. 호검은 〈아린〉에서 일을 하면서도 시간이 되는 대로 계속 강 이사에게 요리를 해주러 가고 있었다. 그래서 그걸로 모은 돈도 있고, 또 돈 쓸 시간도 없었던 터라 〈아린〉에서 받은 월급도 대부분 고스란히 통장 에 저축되어 있었다.

"돈 없으면, 내가 도와줄 테니 그건 걱정 마."

학수는 당연히 호검이 힘들면 도와줄 생각을 하고 있는 듯 했다.

"감사합니다, 스승님. 근데 모아둔 돈은 좀 있어서 버틸 수 있을 거예요. 방송 출연료 받은 것도 있고요."

호검은 학수가 고마워 활짝 웃으며 말했고, 민석도 호검을 아끼는 학수의 모습에 흐뭇하게 미소 지었다.

"근데, 제가 다른 사람인 게 나중에 밝혀지면 아저씨가 곤 란해지지 않으시겠어요?"

호검이 민석에게 미안해하며 물었다.

"음, 근데 내가 곤란해지는 것보다도 네 변장이 먹힐지가 의 문이야. 그리고 굳이 그렇게까지 해서 민기한테 일식을 배우 러 가야하는 건지……. 민기가 네 아버지가 배우라고 한 요리사들 중에 한 사람이긴 하지만, 다른 사람한테 배워도 되지 않을까? 사실……."

민석은 뭔가 할 말이 있는지 잠시 뜸을 들이더니 다시 말을 이었다.

"음, 최근에 그 친구를 만났었거든."

"그래? 근데?"

"음, 이번에 만났을 때 그런 말을 하더라고. 나보고 자기 노하우를 왜 그렇게 쉽게 남들한테 가르쳐 주냐고 말이야. 자기는 자기 아들한테만 알려줄 거라고. 일본은 보통 요리도 집안 가업으로 물려받아서 대대로 하는, 그런 식이잖아. 그런 거 보면 잘 안 가르쳐 줄 거 같아서……."

"아……."

학수와 호검은 난감한 표정으로 서로를 쳐다보았다. 김민기가 그렇게 말했다면, 그 밑에 들어가도 별로 배울 것이 없을 수도 있었다.

학수는 잠시 고민하는 듯 말을 안 하고 있더니 드디어 말문을 열었다.

"근데, 그래도 자기 식당에서 밑에 사람들한테 어느 정도는 가르쳐 줘야 식당이 돌아가잖아?"

"그건 그렇겠지? 나도 기본적인 것들은 배울 수 있을 거라고 생각해. 특별한 노하우는 배우지 못해도 말이야. 호검이 넌 일식 쪽은 아예 모르지?"

"네, 맞아요. 일본어도 잘 몰라서 들어가기 전에 어느 정도 공부는 좀 하고 들어가려고요."

호검이 민석의 물음에 고개를 끄덕이며 대답했다.

"그래. 그게 낫지. 근데 호검이가 눈썰미도 있고, 미각도 예민해서 거기서 일하면 굳이 민기가 하나하나 안 알려주더라도 스스로 많이 배울 수 있을지도 몰라. 안 그래?"

민석이 이번엔 학수에게 물었다.

"그렇지. 아주 천재적인 재능을 타고났지, 우리 수제자가 말이야. 허허허."

학수는 호검이 자신의 수제자인 것이 자랑스러운지 웃으며 민석의 말에 동의했다.

"음, 호검아, 그렇게라도 꼭 민기네 들어가야겠니?"

민석이 마지막으로 확인차 호검에게 물었다. 호검은 일식을 배우는 것보다도, 김민기 주변을 관찰해야 하기 때문에 거기 들어가야 했다.

"네, 아저씨."

호검이 고개를 끄덕이며 답했고, 민석은 일단은 부탁을 들어주겠다고 했다.

"알았다. 그럼 조만간 내가 민기한테 말해보고 연락 줄게. 근데 민기가 안 된다고 할 수도 있어. 그럼 다른 방안을 생각해야 할지도 몰라. 참, 근데 생각은 더 해봐, 민기네 식당에 변장하고 들어가는 거."

"네, 알겠어요. 감사합니다, 아저씨!"

"나도 고맙다, 친구야!"

"뭐, 이 정도쯤이야. 이렇게 서로 돕고 사는 거지. 자, 우리 밥 다 먹었으면 후식 달라고 할까?"

"그래, 좋아."

셋은 이야기를 잘 마무리 지었고 후식을 먹기 시작했다.

*　　　*　　　*

다음 날, 학수는 여느 때처럼 사장실에 있었다. 아직 손목이 다 낫지 않은 관계로 바쁜 일이 있다는 핑계를 대고 사장실에서 쉬고 있는 것이다.

그는 지금 인터넷으로 변장에 관한 것들을 찾아보고 있었다. 학수는 민석과 만나고 온 후 호검이 김민기의 일식당에 들어갈 것이 걱정이 되었다. 그래서 어느 정도 변장을 해야 못 알아볼 정도가 되는지 사람들이 변장한 사진들을 살펴보고 있었던 것이다.

'아, 걱정인데. 이거 안경이랑 뽀글 파마 정도로 되려나? 노랗게 염색을 하라고 할까?'

학수는 인터넷을 보다가 뭔가 메모를 하려고 메모지를 찾다가 서랍을 열었다.

서랍을 열어보니 종이쪽지들과 펜, 칼, 마카, 테이프 등 사무 용품들이 어지럽게 뒤섞여 있었다.

"아, 정신없네. 일단 이 서랍부터 정리 좀 하자!"

학수는 안 그래도 머리가 복잡한데 서랍도 복잡한 것을 보니 갑자기 정리를 하고 싶어졌다.

그는 자신의 개인 조리실은 항상 깨끗하게 정리를 해왔는데, 사무실은 잘 정리를 하지 않았었다. 특히 책상 서랍은 더 그랬다.

'어디 보자……. 버릴 게 많은 거 같은데…….'

학수는 서랍의 내용물들을 일단 책상 위에 늘어놓았다. 그리고 하나씩 확인해서 버릴 건 버리고 다시 서랍에 넣을 건 넣는 식으로 정리를 해나갔다.

"웬 쓸데없는 메모가 이렇게 많아?"

학수가 종이쪽지들을 하나둘씩 버리자, 그 밑에서 웬 USB 하나가 보였다.

"뭐지, 이건?"

학수는 자신의 컴퓨터에 USB를 꽂았다.

'아, 이거 그때 그 사고 났던 그 영상이구나.'

USB에 담긴 영상은 작년에 〈아린〉의 입구 쪽에서 주차를 하다가 일어난 접촉 사고 영상이었다. 〈아린〉의 입구 쪽에 설치된 CCTV에 그 사고가 찍혀서 피해자의 부탁으로 영상을 카피해 줬었는데, 그때 따로 하나 더 저장해 놓은 것이었다.

그런데 그 영상을 보다가 학수는 깜짝 놀랐다. 영상에서는 접촉 사고 이후 그 근처에서 상황을 잠시 지켜보고 있던 두 사람이 〈아린〉으로 들어오는 장면이 나오고 있었다.

"엇! 이 사람, 이용혁이잖아?"

그 두 사람 중 한 명이 바로 이용혁이었던 것이다.

'이거 날짜가⋯ 그 파리 사건 대화하던 그날 같은데?'

학수는 얼른 영상을 되감아보았다. 그리고 영상을 보다가 이용혁의 옆에 있는 사람의 얼굴이 가장 잘 보이는 부분에서 정지 버튼을 눌렀다.

'좋아! 이 정도면 이 사람이 누군지 알 수 있겠어!'

학수는 얼른 캡처를 뜬 후 프린터로 캡처 사진을 출력했다. 사실 현실적으로 얼굴만 알아서는 누군지 알아내기 힘들 수도 있었다. 하지만, 어쨌든 이 사람이 이용혁에게 부탁을 한 사람일 것이니 일단 그는 호검에게 빨리 이 사실을 알려줘야겠다고 생각했다.

학수는 캡처를 들고 후다다닥 주방으로 내려갔다.

"호검아! 호검아!"

학수는 주방에 들어서자마자 다급히 이름을 부르며 그에게

다가갔다.

"어? 스승님! 무슨 일이세요?"

"이거 봐! 이 사람이 이용혁이랑 같이 왔던 바로 그 친구야! 너네 가게에 파리를 넣어달라고 부탁했던 그놈!"

"네?"

호검은 얼른 두반장 소스에 버무리던 새우튀김을 완성해서 그릇에 담은 다음, 학수가 내민 종이를 받아 들었다.

호검은 분노로 종이를 든 손이 부들부들 떨렸다.

'이, 이 사람이라고?! 우리 가게를 망하게 한 놈이!'

호검은 얼굴이 벌게져서 프린트된 사진 속의 사람을 뚫어 져라 쳐다보았다. 그렇게 잠시 분노하던 호검은 진정을 하려 고 심호흡을 했다.

"후우. 근데… 스승님은 이 사람 누군지 아세요? 전 본 적 없는 얼굴인데……."

"나도 얼굴은 봤던 기억이 있는데 누군지는 모르겠어. 그래 도 얼굴은 아니까 어떻게 알아보면 알아낼 수 있지 않을까?"

학수가 다급하게 호검을 찾아와 종이를 보여주고 있자, 다 른 주방 직원들도 궁금한지 슬쩍 그들 곁으로 모여들었다.

"누군데 그러세요?"

칼판장이 학수의 어깨 너머로 캡처 사진을 살펴보며 물었다.

"나도 몰라. 이 사람이 누군지 알아내야 하는데……."

그런데 그때, 문대영이 불쑥 끼어들어 말했다.

"어? 그 사람, 안대기 같은데? 한국신문 기잔가 뭔가……."

뜻밖에 이 사진 속 주인공을 아는 사람이 바로 여기 주방에 있었던 것이다.

"정말이야? 부주! 이 사람 알아?"

"다시 잘 봐주세요!"

학수의 얼굴이 환해졌고, 호검도 반색을 하며 대영에게 더 잘 보이도록 사진을 들이밀었다.

『탑 레시피가 보여』 6권에 계속…

초대형 24시 만화방

신간 100%, 샤워실, 흡연실, 수면실(침대석), 커플석, 세탁기 완비

▪ 시흥 정왕25시점 ▪

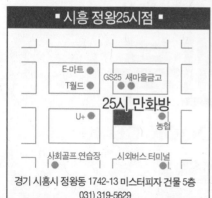

경기 시흥시 정왕동 1742-13 미스터피자 건물 5층
031) 319-5629

▪ 강북 노원역점 ▪

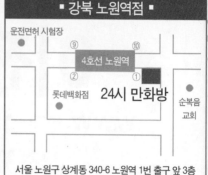

서울 노원구 상계동 340-6 노원역 1번 출구 앞 3층
02) 951-8324 (화용빌딩 3층)

▪ 일산 정발산역점 ▪

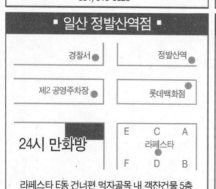

라페스타 E동 건너편 먹자골목 내 객잔건물 5층
031) 914-1957

▪ 일산 화정역점 ▪

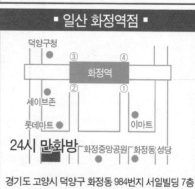

경기도 고양시 덕양구 화정동 984번지 서일빌딩 7층
031) 979-4874 (서일사우나 건물 7층)

▪ 부천 역곡역점 ▪

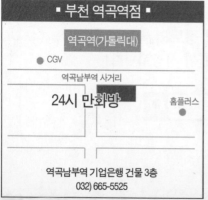

역곡남부역 기업은행 건물 3층
032) 665-5525

▪ 부평역점 ▪

(구) 진선미 예식장 뒤 한신포차 건물 10층
032) 522-2871

전생부터 다시

FUSION FANTASTIC STORY

홍성은 장편소설

죽음으로 모든 걸 끝내고 싶지 않아
인간으로 환생하게 된 대마법사, 로렌 하트.

그러나 알 수 없는 괴물의 등장으로 인해 인류가 멸망해 버리고
홀로 살아남은 그는
고독과 외로움에 다시 한 번 더 환생을 결심하는데……

하지만 현생을 반복하는 것만으로는 의미가 없다.

시간을 되돌려 대마법사가 되기 전의 시절로 되돌아갈 것이다!

대마법사 로렌 하트, 전생부터 다시 시작한다!

Book Publishing CHUNGEORAM

유행이 아닌 자유추구 -
WWW.chungeoram.com

FUSION FANTASTIC STORY

자미소 장편소설

GRAND SLAM
그랜드슬램

2016년의 대미를 장식할 최고의 스포츠 소설!!

Career record : 984W 26L
Career titles : 95
Highest ranking : No.1(387weeks)
Grand Slam Singles results : 23W
Paralympic medal record : Singles Gold(2012, 2016)

약 십 년여를 세계 최고로 군림한 천재 테니스 선수.
경기 내내 그의 몸을 지탱하고 있는 것은…… 휠체어였다.

『그랜드슬램』

휠체어 테니스계의 신, 이영석(32).
그는 정상의 자리에서도 끝없는 갈망에 사로잡혀 있었다.

"걷고 싶다, 뛰고 싶다. …날고 싶다!!"

**뛸 수 없던 천재 테니스 선수
그에게, 날개가 달렸다!!!**

Book Publishing CHUNGEORAM

유병이 아닌 자유추구
WWW.chungeoram.com

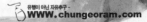